MILLIARDAIRE À TOUT JAMAIS

Édition complète des épilogues

BLAIR BABYLON

Traduction par
ISABELLE WÜRTH

Malachite Publishing LLC

MILLIARDAIRES INCOGNITOS : RAE

Édition complète des épilogues

de: Blair Babylon
Traduction française Isabelle Würth

L'auteur : "— Et puis le prince royal, milliardaire incognito, Wulf von Hannover et l'étudiante de province, Rae Stone, vécurent heureux... pour toujours."

Les lecteurs : "Et ensuite, que s'est-il passé ?"

L'auteur : " Eh bien, à la fin de "Milliardaires incognitos" : Wulf et Rae sont fiancés, et ils vont se marier le lendemain matin, et si vous avez bien remarqué, elle est enceinte. C'est la fin de l'histoire".

Les lecteurs : "Et ensuite, que s'est-il passé ?"

L'auteur : "Bon, OK, vous pouvez voir en quelque sorte où va leur histoire dans les autres nouvelles et sous-intrigues des autres livres, donc si vous me suivez..."

Les lecteurs : "ET ENSUITE, QUE S'EST-IL PASSÉ ?"

L'auteur : "Euh, bon d'accord, tout est là, dans un seul livre. Tout va bien maintenant ?"

Les lecteurs : "C'est mieux."

~

Si vous souhaitez savoir quand mes prochains livres seront publiés, allez voir mon site Web ou inscrivez-vous à ma liste de diffusion.

Les abonnés à la liste de diffusion par courriel bénéficient de nombreuses informations gratuites : aperçus des livres en cours, histoires gratuites, épilogues des livres précédents, et avis de nouvelles sorties et de ventes spéciales ou de coupons. Chaque bulletin contient quelque chose de nouveau, d'amusant, gratuit ou à prix réduit, rien que pour vous !

https://blairbabylon.com/FRemail

MILLIARDAIRES INCOGNITOS : RAE

Édition complète des épilogues

de: Blair Babylon
Traduction française Isabelle Würth

Titre original *Billionaires Ever After*

Inclut les 8 épilogues initialement publiés
séparément en anglais
Épilogue I
Épilogue II
À Paris (scènes intermédiaires, épilogue III)
Skier en juin (Rae et Wulf épilogue IV)
Kidnappée (Rae et Wulf épilogue V)
Rae et Wulf : À l'hôpital (scène intermédiaire,
épilogue VI)
Montreux (Rae et Wulf, épilogue VII)
Continuer à rêver (Rae et Wulf, épilogue VIII)

TABLE DES MATIÈRES

Chapitre 1   1

Partie Un
ÉPILOGUE I
Épilogue I   7

Partie Deux
ÉPILOGUE II
Épilogue II   11

Partie Trois
ÉPILOGUE 3: À PARIS
1. Avant le mariage   19
2. Au mariage: Lizzy   23
3. Au mariage : Rae   27
4. Au mariage : Wulf   31
5. Au mariage : Wulf   35
6. Après le mariage : Rae   39
7. Un après-midi lumineux et ensoleillé :   45
   Wulf
8. Un après-midi lumineux et ensoleillé :   49
   Rae
9. Dans l'avion : Wulf   53
10. Le sacrifice de Dieter   57
11. Après le mariage   61
12. Une confession, Dieter   75

Partie Quatre
ÉPILOGUE 4: SKIER EN JUIN
Chapitre 1   79
Chapitre 2   85
Chapitre 3   95

Chapitre 4   101
Chapitre 5   111
Chapitre 6   117
Chapitre 7   127

Partie Cinq
ÉPILOGUE 5: KIDNAPPÉE

1. Découverte   139
2. Menteurs   147
3. Chassé-croisé téléphonique   155
4. Exorcisme   159
5. La cavalerie   165
6. Arrière, Satan !   167
7. Trahison   175
8. Au lieu de la Suisse   187
9. Ultimatum   193
10. Ténèbres   197

Partie Six
ÉPILOGUE 6 : À L'HÔPITAL

1. L'hôpital   201
2. Dieter et Wulf   209

Partie Sept
ÉPILOGUE 7: MONTREUX

1. Concorde   221
2. Échec et mat   229
3. Kidnapping   241
4. La machine s'éveille   247
5. Le souvenir d'une plaque
   d'immatriculation   249
6. Le travail de Dieter   255
7. Audience   259
8. Que vous a-t-il dit ?   265
9. Liesel   269
10. Rosamunde   277
11. Salon d'essayage   281

12. Ce n'est pas un stratagème   287
13. Mariage   291
14. Une dernière chose   293
15. Se caser   295
16. Vigilant   297

Partie Huit
ÉPILOGUE 8 : CONTINUER À RÊVER

1. Wulf   301
2. Rae   307
   IL ÉTAIT UNE FOIS   315

   Notes   319

MILLIARDAIRE À TOUT JAMAIS

CHAPITRE UN

*D*onc si *Milliardaires* Incognitos : Rae est la série "complète", pourquoi ce livre existe-t-il ?

Tout le monde semble aimer Rae et Wulf, et depuis que j'ai publié l'anthologie, je continue de recevoir des e-mails du genre "ET APRÈS QU'EST-CE QUI S'EST PASSE ?

On me pose cette question au moins une fois par semaine, alors voici pourquoi l'histoire de Wulfie/Rae de Milliardaires Incognitos continue.

À la fin de Milliardaires Incognitos : Rae et Wulf sont fiancés et doivent se marier le lendemain matin, et elle est aussi très enceinte. (Si vous comptez bien les jours dans le livre, ils ont eu des rapports sexuels non protégés la veille de son ovulation, et elle a au moins cinq jours de retard lorsque Wulf la demande en mariage). Donc, ceci règle le problème. Honnêtement, j'avais l'intention de m'arrêter là. J'étais une auteure littéraire, avant de retrouver mes esprits et de commencer à écrire des romans d'amour.

(Et je suis tout à fait sincère. Je ne suis pas du tout sarcastique. J'aime écrire des romans d'amour, et j'aime la communauté de la romance. Les lectrices de romance m'ont sauvée en tant qu'écrivain. Mon seul regret est de ne pas avoir commencé à écrire des romans d'amour plus tôt).

Donc, j'étais une auteure littéraire, j'écrivais des livres emplis d'angoisse, avec peu d'intrigue, et aucune solution satisfaisante en vue sur le plan émotionnel.

Dans la théorie de la fiction, quand le conflit est terminé, le livre est fini.

À la fin de *MI : Rae*, comme je l'ai dit, Wulf et Rae sont fiancés, ils vont se marier le matin, et avec un peu de jugeote, on sait qu'elle est enceinte. C'est la fin. Je ne voulais plus de conflit pour ces deux pauvres âmes. Elles avaient assez souffert.

Puis les courriels ont commencé.

Sans parler des MP sur FB.

Même un appel vocal sur Facebook.

Et quelques tweets.

"Et Ensuite, Que S'est-Il Passé ?"

OK, je voyais bien que les lecteurs voulaient voir le mariage et la révélation de la grossesse.

Et donc, j'ai continué à décrire leur histoire dans les livres de Lizzy (Milliardaires incognitos : Lizzy, etc.) en faisant aller Lizzy à leur mariage parce que les gens voulaient voir le mariage.

Les livres de Lizzy devraient être les prochains que vous lirez dans le grand univers de Blair Babylon. C'est une histoire incroyable, sombre et pleine de suspense. Ils racontent en effet le mariage de Wulf et Rae comme point majeur de l'intrigue.

Encore des courriels. *ET ENSUITE, QUE S'EST-IL PASSÉ ?*

J'ai donc écrit des épilogues pour des coffrets où les gens payaient 99ct et recevaient tout un tas de livres d'un tas d'auteurs (The LOL Boxes et les Red Hot Boxed Sets), donc c'était une bonne affaire pour tout le monde. Ils avaient un épilogue et un tas d'autres livres à un prix modique.

Encore plus de courriels : **ET ENSUITE, QUE S'EST-IL PASSÉ ?**

J'ai donc écrit sur le mariage religieux de Wulf et Rae et sur la grande et belle réception dans les livres de Georgie.

Je suis sûre que vous pouvez deviner ce que j'ai reçu dans ma boîte mail après cela…

Donc, la série de livres suivante (parce que je reçois aussi des e-mails sur ET ALORS QU'EST-CE QUI S'EST PASSE AVEC XAN ET GEORGIE ?) est la série sur la petite sœur de Wulf, Flicka.

Mais les gens ont une vie en dehors de mes livres, je suppose, ou du moins c'est ce qu'on m'a dit, et ils voulaient lire toutes les parties concernant Wulf et Rae dans un seul volume bien rangé.

Et oui, je pouvais comprendre ça. C'était logique. Je vais donc vous supplier ici, chers lecteurs, de lire également les autres livres, parce qu'il y a une tonne d'histoires autour de Wulf et Rae luttant pour être ensemble et en sécurité. Il y a des liens à la fin vers les livres suivants. Ensuite, il y a une liste de tous mes livres, avec un lien vers le site où vous avez acheté celui-ci. Si vous lisez dans une application, il se peut que vous deviez copier le nom du livre et aller le chercher dans l'application. Désolée, mais il est pratiquement impossible de mettre un lien dans l'application.

Mais s'il vous plaît, continuez à lire !

Merci beaucoup pour votre soutien à Wulf et Rae. Je les aime aussi.

Blair Babylon

Cliquez ici inscrivez-vous: à ma liste de diffusion en français!

Partie Un

ÉPILOGUE I

ÉPILOGUE I

Georgie : Je viens de te voir à la télé à ce foutu mariage royal à Paris?!?!?!? Avec Le Dom ? WTF?!?!?!?!?

Rae : Tu as un passeport ?

Georgie: Ouais.

Rae : Jette des vêtements dans un sac de voyage. Prends une robe de cocktail ou deux de la Maison du D. PAS DES TRUCS DE PUTE ! Ton billet d'avion sera au comptoir de Lufthansa pour un vol à 20h ce soir.

Georgie: J'ai cours la semaine prochaine.

Rae: Tu seras à la maison lundi matin.

Georgie: Lizzy est ici avec moi. Je ne peux pas la laisser.

Rae: Y a un billet pour elle aussi. Mets ses fesses dans l'avion avant qu'elle ne fasse encore l'idiote.

Georgie: OK. Tu veux pas nous dire c'est quoi ce bordel ?

Rae : je vous dirai quand vous serez là. C'est un secret !

Partie Deux

ÉPILOGUE II

ÉPILOGUE II

Wulf faisait les cent pas.

La suite Empire de l'hôtel George V à Paris était trop étroite pour ses longues jambes. Il s'était habitué à sa maison du sud-ouest des États-Unis et aux couloirs du palais de Kensington. Sortir dans les rues de Paris gênerait son service de sécurité, car ils n'avaient que deux hommes en poste la nuit. Il ne voulait pas réveiller Dieter ou Hans.

Wulf arpentait la pièce au milieu des roses jaunes et des bouquets de violettes. Il traversa la salle à manger et le salon, passa devant les bustes d'albâtre de Napoléon et de Joséphine perchés sur des colonnes, et passa dans l'entrée. Ses pieds nus se posaient doucement sur le tapis épais, par respect pour les personnes qui dormaient à l'étage en dessous.

Ce coup de feu avait été tiré de trop près. Il avait amené toutes les personnes qu'il aimait dans un endroit qu'il pensait sûr et avait ensuite attiré là les

tireurs, mettant ses proches en danger. Les récrimi-
nations jaillissaient dans sa tête en dix langues.

Wulf faisait les cent pas.

Il avait repoussé toute cette agitation dans sa tête
pour la réception et pour y faire sa demande, même
si sa tête bouillonnait encore.

Maintenant, son esprit flambait sous les
souvenirs.

Le sang sur Constantin.

Le sang sur Yoshi.

Le sang sur Dieter, et sur la robe blanche de
Flicka.

Le sang sur lui-même.

Le sang de Dieter avait coulé sur ses mains et sa
chemise quand il lui avait fait le garrot en rentrant à
l'hôtel.

Wulf était tombé sur Rae lorsque ses agents de
sécurité s'étaient jetés sur lui, assez fort pour lui
couper le souffle.

Ses mains tremblèrent.

Wulf faisait les cent pas.

Brunhilde le chat l'observait depuis son perchoir
au sommet d'une des chaises du salon. La créature
nocturne semblait approuver que lui aussi soit
réveillé. Il lui gratta les oreilles tout en passant à côté
d'elle.

Friedhelm, assis dans le salon, lisait un livre sur
sa tablette et le regarda.

— Vous avez besoin de quelque chose ?

— Non. Ça va.

Friedhelm se remit à lire, laissant Wulf passer
devant lui.

Le ciel de Paris à l'extérieur des vastes fenêtres
était bleu marine, sombre comme jamais dans la

Ville lumière. Une lueur pâle recouvrait les appartements et les hôtels autour d'eux. Plus loin, entre les étoiles et le ciel noir, une lumière orangée soulignait les contours squelettiques de la tour Eiffel.

Wulf faisait les cent pas.

Il était tellement absorbé par le sang et les coups de feu qui résonnaient dans son esprit depuis des années, à cause de l'horreur d'avoir de nouveau attiré le feu sur des gens qu'il aimait, qu'il faillit passer devant Reagan, appuyée contre le mur de la porte de la chambre sans la voir.

Il s'arrêta.

— Qu'est-ce que tu fais debout ?

Elle leva un sourcil.

— Et toi ?

— Rien. Tout va bien.

Cela lui valut un regard incrédule sur son beau visage.

— Non, vraiment, ça va, dit-il.

— Waouh ! Tu fais ça très bien. N'importe qui d'autre t'aurait cru. Viens au lit.

— Je vais tourner dans tous les sens. Je vais t'empêcher de dormir. Tu as besoin de ton sommeil.

Elle bâilla.

— Je ne peux pas dormir sans toi, dit-elle en lui tendant la main.

Il prit sa petite main chaude et douce.

Rae le reconduisit dans la chambre et donna un coup de pied pour fermer la porte.

Wulf dit :

— Je ne veux pas t'empêcher de dormir.

Elle se glissa sous les couvertures et tapota le lit à côté d'elle.

— Viens ici.

Il obéit. Les draps glissèrent sur lui comme un brouillard étouffant.

— Si je t'embête, dis-le-moi et je retournerai au salon.

— Ferme les yeux. Elle l'entoura de ses bras. Tu te maries demain. Dors.

— Je n'aurais pas dû venir, dit-il en serrant ses bras autour de son corps souple, si chaud à côté de lui. Je n'aurais pas dû t'amener ici.

— Chuuut. Tu n'es pas responsable des actes des fous. Tu n'es pas responsable de tout ce qui est mauvais dans ce monde. Ferme les yeux.

— Tu es sûre que tout va bien, Rae ? Pas de douleur, pas de saignement ?

— J'ai l'impression que mes pieds sont des hamburgers à cause des chaussures que ta sœur m'a fait porter, mais c'est tout. Dors.

Il posa sa tête épuisée sur l'oreiller et ferma les yeux.

Rae caressa lentement son dos et son bras.

Il murmura :

— Je t'aime.

Wulf l'entendit murmurer près de son oreille :

— Je t'aime aussi.

Il respira et posa une main sur sa hanche, rapprochant son bassin, sentant son corps se presser contre lui.

Il ferait n'importe quoi pour les protéger *tous les deux*.

Rae lui caressa le dos et l'envie de faire les cent pas disparut.

Le feu flamboyant dans l'esprit de Wulf mourut et seule persista la lueur des braises chaudes.

Les yeux marron et le doux sourire de Rae furent les dernières choses dont il se souvint avant de s'endormir.

Partie Trois

ÉPILOGUE 3: À PARIS

Scènes intermédiaires de Milliardaires incognitos, Lizzy

AVANT LE MARIAGE

Wulfram von Hannover

Wulf regarda Théophile Valencia écarter la chaise de Lizbeth, lui parler calmement et la faire sortir de la suite. Si Wulf s'était inquiété pour sa sécurité, il les aurait suivis, mais il pensait que Lizbeth et Valencia allaient avoir tôt ou tard une discussion franche et complète sur l'état de leur relation. Le regard incisif de Théophile avait été destiné à Wulf.

Valencia était certainement assez professionnel pour se présenter au mariage pour lequel il avait été engagé. Wulf sentit un de ses sourcils s'abaisser.

Rae posa une main sur son bras, et toute envie de briller s'évanouit.

Elle chuchota :

— Tu vas bien ?

— Absolument.

— On dirait que tu as perdu un ami.

— Peut-être. Il pensa à Lizbeth. Je pense que Lizbeth a gagné un prétendant, et j'ai peut-être perdu un bien plus précieux, un avocat compétent.

— Oh, arrête.

Elle lui tapa le biceps. Taquiner Reagan était bien trop amusant pour lui. Il la regarda de côté, du coin des yeux, et l'expression des grands yeux marron de Rae passa d'amusée à sensuelle.

De l'autre côté de la table du petit-déjeuner, les yeux marron foncé de Georgiana s'élargirent quand elle vit Rae le taper. Elle se leva et tira sur la longue tresse brune qui lui couvrait l'épaule, tout en le regardant.

Elle le transperça du regard, comme si elle éventrait sa vie pour fouiller à l'intérieur.

Reagan devait déjà lui avoir tout dit, qui il était, ce qu'il était, ce qui lui était arrivé dans son enfance.

Wulf se permit un petit sourire ironique à Georgiana, sa petite copine Georgie, qu'il connaissait depuis plusieurs années maintenant, mais qui le découvrait pour la première fois. Il inclina la tête vers elle, en signe de reconnaissance.

Georgiana détourna le regard et effilocha le bout de sa tresse, plus mal à l'aise qu'il ne l'avait jamais vue, bien plus troublée que les quelques fois où elle était venue lui demander de l'aide. Elle lui dit :

— Vous ne m'avez jamais dit que vous étiez Wulf von Hannover.

— Je ne pouvais pas, dit-il aussi gentiment que possible.

— Oui, je vois ça.

Eh bien, ils avaient tous des secrets, non ? Wulf avait peuplé la Maison du Diable de gens qui cachaient tous quelque chose sur eux-mêmes parce que les gens qui avaient leurs propres secrets ne se mêlaient pas des affaires des autres. Il avait su qui était Elizaveta Pajari dès qu'il avait vu son nom sur son formulaire d'embauche. Georgiana Johnson lui avait pris un peu plus de temps, jusqu'à ce que la vérification des antécédents révèle son nom de naissance, mais il lui avait déjà offert un emploi à ce moment-là et ne voulait pas revenir sur sa décision, alors qu'il voyait à quel point elle essayait de se construire une nouvelle vie. Il avait également tendance à engager des personnes qui s'efforçaient d'oublier ce qu'elles gardaient secret.

Wulf jeta un coup d'œil vers la chambre à coucher.

— Rae, puis-je discuter de quelque chose avec toi, en privé ?

— Euh, bien sûr ? Elle passa devant lui, et il regarda, toujours envouté, le balancement de ses hanches.

Il ferma la porte derrière eux et la prit dans ses bras, l'appuya contre le mur et un instant plus tard, l'embrassa. Ses lèvres glissèrent sur les siennes, et il sentit son souffle dans sa bouche.

— Wulf ! murmura-t-elle contre ses lèvres. Georgie est là dehors.

Ses protestations étaient encore plus séduisantes que son corps doux contre le sien. Il voulait étendre sa main sur son ventre, juste pour voir s'il pouvait y sentir une quelconque rondeur. Il crispa les mains dans son dos, la plaquant contre lui.

Un bruit sourd résonna à travers les murs de la suite, une porte qui se fermait.

— Georgiana est partie dans sa propre chambre, dit-il. Alors ? Tu leur as tout dit ?

—Je n'en ai pas eu l'occasion. J'ai dit ton nom et c'est tout. Je n'ai pas eu le temps d'en venir au reste avant que M. Valencia n'attrape Lizzy et ne la fasse sortir. Est-ce qu'elle va bien?

— Tout va bien.

Georgiana avait dû comprendre qui il était, rien qu'à son nom, car c'était une jeune femme très futée. La bouche de Wulf trouva le cou lisse de Rae.

« Tu devrais t'habiller pour le mariage. J'ai pensé que tu pourrais avoir besoin d'aide. »

Wulf remonta les mains le long du dos de Rae et son cœur battit plus vite dans sa poitrine.

Elle dit :

— La cérémonie n'est pas avant trois heures.

Il sourit, entrouvrant les lèvres pour respirer contre le pouls de sa gorge.

Chapitre Deux

AU MARIAGE: LIZZY

Lizzy Pajari

*L*izzy suivit les convives du mariage dans une grande pièce en restant derrière la foule avec Georgie.

Le mariage civil de Rae se déroulait dans un cabinet d'avocats, dans l'un des gratte-ciels de Paris, ce qui était évidemment inhabituel. L'arrivée d'un grand homme aux tempes grises suscita beaucoup d'agitation et de poignées de mains, Wulf-Le-Dom et Rae furent présentés au maire de Paris. Rae avait l'air calme et doux, même si Lizzy savait qu'elle était en fait intimidée et bouleversée.

Au mariage, Lizzy observa Wulf-Le-Dom.

Il était aussi lisse que de l'albâtre poli, serrant la main du maire, faisant des plaisanteries, présentant Théo, qui faisait habilement sortir de sa mallette des documents tels qu'un certificat de célibat, quelques certificats de naissance longs comme le bras qu'il avait traduits en français, et d'autres documents. Pendant toute la durée de l'opération, Théo parlait un français mélodieux et parfaitement correct dont Lizzy ne comprenait pas un mot. Elle préférait quand il parlait espagnol. Au moins, elle pouvait comprendre un peu.

Le type qui se tenait à côté de Wulf-Le-Dom, son témoin, lui semblait familier, mais Lizzy n'arrivait pas à le remettre. Ça n'était pas une star de cinéma ou ce genre, il avait l'air trop britannique, et donc Lizzy se contenta de fixer les cheveux blonds du gars et d'essayer de ne pas avoir d'apriori négatif.

Wulf-Le-Dom semblait plus jeune.

Il n'avait jamais eu l'air vieux, mais elle l'avait catalogué comme trentenaire, peut-être. Un adulte en tout cas.

Maintenant, son petit sourire, si heureux, si léger, lui donnait l'air plus jeune. Vingt-huit, vingt-neuf, peut-être ? Seulement quelques années de plus qu'elle, finalement.

Il bougeait différemment aussi. Sa posture avait toujours été droite, mais avant il semblait raide, comme s'il contrôlait ses moindres gestes.

Ses épaules, toujours aussi larges, semblaient un peu plus basses, et sa poitrine semblait bouger plus facilement quand il respirait.

Il semblait entier pour la première fois, comme s'il ne luttait pas pour maintenir une distance.

Tout cela n'avait pas d'incidence sur la situation de Lizzy. Wulf-Le-Dom avait caché qu'il était blindé et manifestement lié à des gens puissants dans la mesure où il pouvait convoquer le maire de Paris pour officier à son mariage dès le lendemain. Bon Dieu.

Lizzy cachait une faille qu'elle ne voulait pas revivre.

C'était différent.
Tellement différent.

Chapitre Trois

AU MARIAGE : RAE

Rae

Rae Stone balaya des yeux le cabinet d'avocats, le même où Flicka s'était mariée quelques jours auparavant, avec la plupart des mêmes personnes qui traînaient encore dans les parages. Des bibliothèques remplies de livres à reliures en cuir assorties recouvraient les murs, et les pieds sculptés du bureau en acajou frisaient l'ostentatoire.

Elle gardait le menton en l'air même si elle se sentait complètement dépassée par les avocats qui couraient partout en présentant des papiers aux fonctionnaires français. Le mariage de Flicka, prévu depuis plus d'un an, s'était déroulé plus calmement.

Deux chaises en velours bleu avec des fleurs de Lys dorées furent placées à un mètre l'une de l'autre devant le bureau, comme lors de la cérémonie de Flicka.

Son mariage n'était pas censé être célébré assis sur des chaises, hors de portée l'un de l'autre, comme au Moyen-Âge, comme si cela faisait partie d'un traité de paix et qu'elle était mariée en échange de la moitié de la France et d'une partie de l'Espagne.

Cette analogie royale semblait terriblement présomptueuse. Rae était une fille de ferme. Sa dot, payée à son père plutôt que d'être versée par lui, aurait été une douzaine de têtes de bétail et des droits de pâturage, peut-être des droits sur l'eau si elle était jolie.

Elle se tourna vers Wulf, qui discutait avec le maire de quelque chose concernant les cours de la bourse.

— Excusez-moi, dit-elle, pas du tout gênée par son français à l'accent américain, car c'était ce qu'elle était, après tout. Wulf, je peux te parler ?

— *Mais oui*[1], je veux dire, oui. Il s'excusa et se retourna vers elle.

Rae prit une profonde inspiration.

—Je ne veux pas me marier assise.

Wulf leva légèrement les sourcils.

Rae continua.

« Les gens ne devraient pas se marier assis, comme si c'était une transaction. On devrait être debout, se tenir la main, et se faire face. »

Wulf resta silencieux et elle pouvait presque voir les rouages tourner derrière ses yeux saphir, calculant les quantités de convenances et de traditions qui seraient déplacées vers la colonne des moins.

Il se redressa et fit signe à Dieter de s'approcher.

— Nous devons déplacer les chaises.

— Pour les mettre où ?

— Au fond de la salle.

Les gars de la sécurité s'affairèrent à enlever les chaises.

Wulf lui sourit.

— C'est mieux comme ça ?

Rae hocha la tête, comme si elle savait qu'elle faisait des histoires, mais que c'était important, merde.

« Je ne peux pas tout rendre parfait en si peu de temps, dit-il, en baissant la voix, mais je ferai ce que je peux. Dans un mois environ, pour le mariage religieux, tout sera parfait. »

— Oh, il n'est pas nécessaire que ce soit parfait. Je ne suis pas difficile.

— Moi, si.

Elle lui sourit, sachant qu'il n'avait jamais eu d'opinion sur les vêtements, la mode ou la décoration dans sa vie.

— D'accord, alors.

Wulf lui prit les mains et les tint délicatement. Il lui sourit, ses yeux bleu foncé étaient doux comme un ciel d'été.

— On commence ?

Oh, Seigneur, oui. Elle était tellement prête à commencer sa vie avec lui, et quoi qu'en pense Wulf, ce serait une longue, longue vie.

Même s'il lui cachait encore quelque chose, car il devait y avoir une raison à ce mariage précipité, quelque chose de sérieux, de terrible, et cela lui faisait peur de penser à ce que cela pourrait être.

Chapitre Quatre

AU MARIAGE : WULF

Wulfram von Hannover

W ulf tenait les mains froides de Rae dans les siennes pendant qu'il répondait "*Oui* " aux questions habituelles du maire sur le fait de prendre Rae comme épouse. Le monde avait semblé ralentir pour lui, pour qu'il se concentre sur ces quelques mots importants qui seraient un pivot de sa vie.

Aux côtés de Wulf, son cousin William remplaçait Constantin. Celui-ci aurait dû tenir les bagues et faire des blagues inconvenantes avant la cérémonie, défiant Wulf de le faire taire de ses yeux gris et rieurs.

Reagan dit :

— *Oui.*

William passa la bague au doigt de Rae, juste un anneau de platine, et il réussit à la faire glisser sur son doigt fin même si ses mains tremblaient un peu. Ils auraient dû attendre la cérémonie religieuse pour les bagues, mais Wulf ne pouvait pas l'imaginer. Il voulait des preuves. Il voulait se souvenir de l'effet de sa bague sur sa main.

William tendit la bague de Wulf à Rae, qui la lui prit, la tête haute. Il semblait qu'elle avait enfin surmonté sa timidité devant sa famille, Dieu merci. Elle la fit glisser sur son doigt et passa à l'anglais.

« Avec cette bague, je t'épouse. »

La formulation archaïque était charmante. Ses doigts autour des siens étaient tout ce qu'il y avait de plus beau.

Le maire les déclara mari et femme.

C'était fait. Wulf respira.

Rae le regarda, elle attendait.

En général, les Suisses ne s'embrassaient pas lors des cérémonies de mariage, surtout pour le mariage civil, mais il ferait n'importe quoi pour elle. Il fit glisser ses mains le long de ses bras, autour de son dos, et sentit la force de son corps. Ses lèvres effleurèrent les siennes, l'embrassèrent doucement, la goûtèrent, puis se retirèrent.

Des larmes frémissaient au bord de ses yeux marron.

Wulf regardait Rae, sa Rae, sa *femme*. Ses mains étaient délicates sur ses épaules, et il laissa les siennes autour de sa taille fine. Oh, Seigneur, cette lueur malicieuse dans ses yeux pourrait le maintenir en vie pendant mille ans, et ce bonheur, et ce charme… Son cœur se serra.

Il avait survécu jusqu'à ce moment. C'était suffisant.

Il signa son nom sur le registre, et elle signa le sien, et tout ce qui viendrait après cela viendrait en son temps. Le soulagement le traversa comme un grand coup de vent. Qu'ils aient eu ou non une cérémonie religieuse, ils étaient légalement mariés, et Rae héritait de tout. Ses avocats suisses et allemands avaient déjà ces documents dans leurs bureaux, prêts à être déposés. Il avait tout signé pendant qu'elle faisait son shopping avec Flicka quelques jours auparavant. Ses cliniques pour autistes allaient apparaître partout dans le monde comme des champignons dans la Forêt-Noire.

Les quatre témoins signèrent les documents, et Théophile Valencia rassembla les papiers du mariage et les remit au fonctionnaire français.

Wulf avait prévu une petite réception à l'hôtel, suivie d'un dîner privé avec quelques amis, puis l'avion pour rentrer à la maison. Rae arriverait à temps pour ses cours le lundi matin, comme promis.

La chambre dans l'avion leur offrirait un peu d'intimité, un peu de temps pour eux.

Il avait hâte d'y être.

Bien que cette idée le remplisse d'allégresse, il suffisait qu'il l'ait épousée. Quoi qu'il se passe d'autre en cette journée ensoleillée à Paris, c'était suffisant.

Chapitre Cinq

AU MARIAGE : WULF

Wulfram von Hannover

*L*ors du thé qui suivit son mariage, Wulf observa la foule grouillante de sa famille et de ses amis. La plupart étaient déjà là au mariage de Flicka la veille et tous avaient été morts de rire lorsqu'il les avait appelés le matin même. La plupart l'avaient insulté parce qu'ils avaient perdu des paris, ce qui avait amusé Wulf à son tour. Il s'était entretenu avec Dieter sur les dispositions de sécurité à prendre pour le dîner qui suivrait et le retour à l'aéroport pour le vol de nuit. Ils étaient en train de discuter pour savoir si lui et Rae devaient voyager dans des véhicules séparés lorsque Wulf vit sa sœur Flicka s'approcher de Georgiana, sa petite copine Georgiana de la Maison du Diable, et lui toucher le bras. Elles venaient de se reconnaître, c'était évident.

Un froid glacial fit frissonner son dos sous son costume d'été.

Elles se connaissaient. D'après la façon dont elles

s'étaient prises par le bras, elles se connaissaient même bien.

Des sueurs froides perlèrent sous ses aisselles et sur son torse.

Il avait pensé que le Sud-Ouest américain était un monde éloigné de ses propres cercles sociaux, mais Georgiana avait vécu dans les deux. Elle l'avait reconnu ce matin-là rien qu'à son nom, parce qu'en fait elle savait qui il était depuis le début.

Des frissons lui parcoururent la peau, comme lorsqu'une balle fendait l'air au-dessus de sa tête.

Un seul mot déplacé de sa part pendant toutes ces années aurait pu mettre tout le monde en danger. Elle avait été si proche de le faire.

À côté de Wulf, Dieter avait repéré ce qu'il regardait.

— C'est surprenant.

— En effet, dit Wulf.

— Dois-je me pencher sur la question ?

— Non, répondit Wulf. Je demanderai à Flicka plus tard, mais c'est fini, à tous points de vue. J'en ai fini avec la Maison du Diable.

Il jeta un coup d'œil à la table d'honneur où Rae et Lizbeth regardaient Flicka et Georgie s'éloigner. Lizbeth tendit une flûte de champagne à Rae.

Wulf se faufila dans la foule, avec pour mission d'intercepter ce verre.

Une heure plus tard, Wulf s'affala dans un fauteuil vide à côté de Pierre, son nouveau beau-frère aux cheveux noirs, et ils regardèrent les filles - Rae, Lizzy, Georgie et Flicka - danser ensemble. Les quatre filles gloussaient et se balançaient sur une musique enlevée, une vision de la beauté et du bonheur des jeunes. Wulf aurait pu les regarder toutes les quatre pendant des jours, voir sa sœur heureuse était gratifiant et voir sa belle Rae s'amuser lui réchauffait l'âme. Il fallait qu'il demande à Georgiana et Flicka comment elles s'étaient connues, mais le danger n'était pas encore arrivé, alors il avait finalement renoncé, pour l'instant.

D'ailleurs, les voir ensemble et heureuses était plutôt amusant.

Wulf pencha la tête vers Pierre et murmura pour que personne d'autre ne les entende par-dessus la musique. Son doux sourire ne faiblit pas.

— Si tu ne fais que regarder une autre femme, je te tue.

Pierre leva ses yeux noirs au ciel.

— Oh, bon Dieu, Wulfram, toi et ton abominable sens de l'humour. Le week-end de notre mariage et à ton propre mariage ? Vraiment, tu ne crois pas... Il jeta un coup d'œil à Wulf. Ses yeux noirs s'élargirent. Merde, tu es sérieux !

Wulf ne laissa aucune partie de son visage bouger.

— Oh, oui.

Pierre se retourna pour regarder les filles danser.

— Tu as passé trop de temps dans les taudis américains. Tes menaces de mort sont maladroites. Le père de Rae t'a-t-il menacé d'une manière aussi simpliste ?

— On se connaît depuis trop longtemps pour que je proteste, rat mort. Wulf se leva et ajusta la veste de son costume. Elle t'aime. Si tu brises le cœur de ma sœur, je ne te tirerai pas dessus depuis une fenêtre. Je te désosserai à mains nues.

Wulf s'avança dans la foule, avec l'intention de faire jouer à nouveau le quatuor à cordes pour enfin pouvoir danser avec Rae. Il aimait valser et sentir son corps souple et musclé dans ses bras.

Il dansait à son propre mariage, et plusieurs personnes lui devaient donc plusieurs milliers d'euros.

Alors que Wulf aurait pu considérer comme infinitésimales les probabilités qu'il gagne, il avait tout de suite compris que s'il avait perdu, les pigeons n'auraient pas pu encaisser les paris. Ils auraient dû faire don des recettes à l'une des associations caritatives de Flicka.

Chapitre Six

APRÈS LE MARIAGE : RAE

Rae

Une heure et demie plus tard, Rae jetait un coup d'œil sur la piste de danse alors que la musique du quatuor à cordes s'arrêtait et que les musiciens mettaient de côté leurs instruments en faisant claquer le bois.

Elle glissa son sac à main sous la table d'honneur et se prépara à se lever, car si les charmants musiciens ne jouaient pas, le DJ pourrait peut-être remettre de la bonne musique et elle et Lizzy pourraient entraîner Georgie pour qu'elles puissent encore danser, même si elle était assez fatiguée. Elle n'arrivait toujours pas à croire tout ce que Wulf avait fait, ou avait fait faire plutôt, pour ce mariage. Elle ne pouvait pas imaginer trouver des tonnes d'hortensias et de roses rouges épanouies où que ce soit chez elle, même à l'hôtel Marsden, le plus grand de Pirtleville. Les chaises recouvertes de satin bleu royal semblaient avoir leur place dans le salon de Mme Harding, car seule la femme du maire pouvait se permettre un style aussi haut de gamme, et il y en avait des centaines regroupées autour des tables. Chez elle, ce serait trop somptueux, plus qu'extravagant dans son ampleur, et méprisé comme de l'argent facile. Personne ne verrait cela comme le cadeau attentionné que c'était en réalité.

Bizarrement, il n'y avait toujours pas de musique. Rae scruta la foule des hommes en costume et des femmes vêtues de soie et de dentelle, en se demandant ce qui se passait. Peut-être que c'était fini et qu'ils pourraient se reposer un peu avant le dîner ? Le lit profond et moelleux de la suite Empire l'appelait.

Lizzy s'affala sur une chaise à côté d'elle en regardant Théo retourner au bar. Elle demanda à Rae :

— Qu'est-ce qui se passe ?

Rae haussa les épaules, les deux paumes tournées vers le ciel.

— Honnêtement, je n'ai aucune idée de ce que Wulf a prévu pour la suite.

La petite cabine du DJ était vide, elle aussi, alors Rae s'appuya contre son dossier et regarda autour d'elle. Les gens pivotèrent sur leurs chaises avec des bruissements de tissus et l'attention de chacun s'orienta vers deux personnes près d'un piano à queue dans le coin.

Georgie était assise sur le tabouret et ajustait sa distance au clavier, et le gars à côté duquel elle était assise à la table de Flicka se tenait appuyé sur le bord du piano. Rae l'avait brièvement rencontré la veille au mariage de Flicka, un des cousins de Pierre.

Alexandre lissa ses longs cheveux, pour qu'ils reposent derrière ses épaules.

— Je ne savais pas que Georgie jouait du piano ! s'exclama Rae.

— Ah, si. Elle s'exerce tous les jours pendant quelques heures dans les salles de répétition du département de musique, plus un bon moment le week-end. Elle s'entraîne comme une championne olympique !

— A-t-elle déjà donné des concerts ?

— Pas que je sache, dit Lizzy. Pas une seule fois.

Les épaules de Georgie se soulevèrent quand elle posa les mains sur le clavier.

Le gars ouvrit la bouche et entonna les trois premières notes, et Lizzy s'étouffa avec son champagne. Elle donna un coup de poing dans le bras de Rae.

— Aïe ! Rae se frotta le triceps.

— Oh mon Dieu ! Je ne l'avais même pas reconnu ! chuchota Lizzy.

— Tu tapes beaucoup les gens, je trouve. Rae envisagea de frapper Lizzy au bras en représailles parce qu'elle avait été élevée avec des frères et qu'on ne peut pas laisser passer ce genre de choses, mais elle regarda le piano à la place.

Personne d'autre dans la salle ne parlait, leur attention était focalisée comme des projecteurs sur Georgie et le chanteur.

Rae murmura :

« Pourquoi m'as-tu frappée ? »

— Oh mon Dieu ! Tu sais qui c'est ?

— Alexandre de Valentinois. C'est le cousin de Pierre. Il est probablement lié à Wulf d'une manière ou d'une autre, aussi. Les centaines de personnes présentes au mariage de Flicka la veille semblaient être les cousins de Wulf, par une branche ou une autre. Sa famille était fertile. Sérieux, tu sais que je viens de la région de la frontière de l'Ouest américain. Mon arbre généalogique ne se ramifie pas. Je suis apparentée à mon cousin Frank Tyra par trois lignées différentes, mais les générations de consanguinité ici… ça me choque. Je suis surprise qu'ils n'aient pas tous des bébés à trois têtes.

Lizzy se tourna vers Rae, ses yeux bleu pâle écarquillés.

— Tu ne sais pas *qui il est*, hein ?

Rae regarda à nouveau, mais le gars était toujours le cousin de Pierre, Alexandre. Ses cheveux bruns dorés tombaient sur ses épaules, brillaient en vagues et étaient décolorés par le soleil aux extrémités. Son costume bleu foncé suggérait qu'il était mince, peut-être athlétique. Mais il ressemblait à tous les cousins de Pierre, magnifique et glamour, comme si les gènes hollywoodiens de Grace Kelly s'étaient déplacés horizontalement à travers des générations de Grimaldi.

Rae cligna des yeux. Elle savait qu'elle avait de nouveau ce regard stupide et déprimé, mais elle était à Paris au milieu du gratin, pour son mariage, c'était normal.

— C'est le cousin de Pierre. Je suppose que c'est *quelqu'un*. Tout le monde ici est *quelqu'un*, sauf nous.

Lizzy pointa du doigt.

— Regarde Georgie. Elle ne le sait pas non plus ! Elle sortit son téléphone de son sac et tapa sur les touches de manière frénétique. Au moins, cette chose inutile a une caméra.

— Les gars de la sécurité ne t'ont pas donné une carte SIM française ?

— C'est pour ça que ce satané truc ne marche pas ? Elle appuya sur le bouton vidéo.

Au piano, Georgie jouait un morceau mélancolique et envoutant alors qu'Alexandre chantait, et elle lui souriait par-dessus le piano noir brillant. Sa voix de ténor résonnait à travers la pièce de façon riche et pleine, il atteignait les notes les plus hautes à gorge déployée puis redescendait dans le grave avec une grâce souple. La chanson parlait d'amour, comme il sied à un mariage, pensa Rae, et il chanta les mesures avec une voix pleine d'espoir comme s'il avait tendu à une femme son cœur battant encore. Même Rae pouvait dire qu'il était vraiment bon.

Tous les autres étaient silencieux, à l'écoute. Les téléphones portables émergeaient de la foule comme des périscopes.

Bien sûr, Georgie souriait à Alexandre. Georgie souriait toujours de cette façon aux hommes magnifiques et, comme tout le monde ici, il était probablement aussi plein aux as. Elle ne lui en voudrait sûrement pas pour ça.

Rae dit à Lizzy :

— Peut-être qu'elle le sait et qu'elle s'en fiche ?

— Oh, non. Georgie est une telle snob en matière de musique. Si elle savait qui il est, elle ferait claquer sa langue au lieu de le baiser avec les yeux. Si elle le baise avant de savoir elle va chier des ours en tutus. Et chut ! J'essaie de filmer ce truc.

— Il faudra lui dire, dit Rae, pensant qu'elle devrait demander à Wulf si Alexandre était le Duc de Cuges ou le Comte de Pétaouchnock.

— Non, dit Lizzy, d'un air diabolique. C'est elle, le putain de cerveau. Laisse-la trouver toute seule.

Vingt dollars qu'elle lui saute dessus avant d'avoir compris.

Rae jeta un coup d'œil à son téléphone.

— Tu sais que l'avion pour rentrer part dans six heures, n'est-ce pas ?

— Dans si longtemps ? demanda Lizzy. Disons cinquante alors !

Chapitre Sept

UN APRÈS-MIDI LUMINEUX ET ENSOLEILLÉ : WULF

Wulf von Hannover

Quelques heures plus tard, après que la musique se soit tue et que la plupart des invités se soient envolés, Wulf et Rae attendaient avec un petit groupe de personnes dans la salle de réception située à côté du hall de l'hôtel George V. En cette fin d'après-midi, la lumière du soleil traversait la façade vitrée du bâtiment et se répandait sur le tapis bleu juste derrière ses chaussures noires.

Les SUV noirs seraient approchés dans quelques minutes, avec un temps d'exposition minimal dans les zones non sécurisées.

La sécurité dans les espaces publics est théâtrale, conçue pour intimider les terroristes et rassurer les clients des compagnies aériennes ou des grandes chaînes hôtelières. La vraie sécurité est un ballet, où le danseur principal saute d'une zone sécurisée à l'autre dans des chorégraphies complexes et soigneusement élaborées.

Wulf libéra les mains de Rae, bien qu'il n'en ait

pas envie tant ses petits doigts semblaient à leur place. Ils étaient pourtant en public. Il ne pouvait pas la peloter comme un collégien pendant qu'ils avançaient du hall de l'hôtel vers les voitures. Il y avait peut-être des photographes.

Il y avait très certainement des photographes.

Une mèche de cheveux auburn brillant tomba trop près de la bouche de Rae, alors il la fit glisser derrière son oreille, en en sentant la soie au bout de ses doigts. Elle lui sourit. Toute opportunité de la toucher le tentait, et il succombait si souvent.

Chaque action et chaque rayon de lumière semblaient être un présage, comme si l'univers sombre avait été assez longtemps gentil pour lui offrir un cadeau de mariage. Ce n'était qu'un jour, un jour de bienveillance dans une vie qui frôlait constamment la mort.

Dieter se pencha en écoutant les voix dans son oreillette.

— Les voitures sont là.

Ils marchèrent côte à côte, quittant la salle de réception de l'hôtel George V, traversant le hall avec sa profusion de fleurs vertes et jaunes, en direction du trottoir. Wulf fit glisser la main de Rae au creux de son bras, sentant sa chaleur à travers son costume.

Il arrivait presque à croire que chaque moment pourrait ressembler à celui-ci désormais.

Les autres invités qui s'attardaient à la réception étaient rassemblés en petits groupes dans le hall, certains assis sur les chaises recouvertes de velours, d'autres, debout, la tête penchée vers le groupe. Comme toujours, Wulf fut le dernier à entrer dans la zone non sécurisée et le premier à en sortir, à l'exception de sa sœur et maintenant de Rae. Flicka et

Pierre étaient déjà sortis et dans les voitures. Leur véhicule allait démarrer.

Wulf devrait repenser les détails de la sécurité à l'avenir, mais cette fois, Reagan et lui devaient passer ensemble devant la haie d'honneur.

Les invités de la réception se pressaient encore dans le hall, en se disant au revoir et en attendant que leurs voitures soient approchées. Théo, Lizbeth, Georgiana, quelques amis de Pierre, et Yoshi se joignirent à Wulf et Rae et avancèrent vers les 4x4 qui attendaient.

Ils sortirent par les portes vitrées sous le soleil de Paris. Quelques photographes déclenchèrent des appareils photo à télé objectifs sous les arbres de l'autre côté de la rue.

Une autre journée de printemps ensoleillée à Paris.

Wulf tourna son visage vers le soleil, en inspirant longuement. La douce lumière du jour, l'exubérance des fleurs printanières, la main légère de sa femme sur son bras, tout cela valait la peine de prendre un moment pour y goûter. Se marier ici et maintenant avait été une excellente idée.

Le trottoir était large de quelques mètres. Des jardinières lourdes de fleurs aromatiques parsemaient les murs blancs du célèbre hôtel et des bâtiments de l'autre côté de l'avenue. Au bord du trottoir, les portières des véhicules noirs s'ouvrirent, leurs moteurs grondèrent devant l'effervescence de la ville et la circulation sur les Champs-Élysées à quelques pâtés de maisons seulement. Ses hommes tinrent les portières ouvertes et leur ouvrirent la voie.

Rae trottinait à ses côtés, dansant délicatement

sur ses escarpins ivoire assortis à la robe de mariée en soie qui frôlait son corps.

Elle n'était pas assez protégée.

Wulf dégagea sa main, se penchant pour enrouler son bras autour de sa taille étroite.

Un coup de feu éclata dans ses oreilles.

Il se tourna, protégeant Rae sous son corps alors qu'elle hurlait.

Non. Mon Dieu, non.

Chapitre Huit

UN APRÈS-MIDI LUMINEUX ET ENSOLEILLÉ : RAE

Rae

Rae aspira de l'air. Elle avait mal au côté. Le trottoir ombragé refroidissait ses fesses et ses jambes nues.

Wulf était penché au-dessus d'elle et criait :

— Rae !

Des ombres de costumes noirs grouillaient tout autour d'elle. Elle se recroquevilla, en toussant, et l'air l'étourdit à nouveau.

La voix frénétique de Wulf lui transperça le cœur.

« Tu vas bien ? Rae ! »

Ses mains étaient agrippées aux revers de son costume. Elle ne pensait qu'à ça et s'écria :

— Pas aujourd'hui ! Pas *toi* !

— Tu vas bien ? cria encore Wulf.

— Oui ! *Wulf* ! Est-ce qu'ils t'ont... est-ce que tu vas bien ?

À côté de sa tête, Dieter grogna :

— Dans le 4x4. Un, deux, trois, go !

Les costumes s'écartèrent. Wulf tira sur son bras,

la mit sur ses pieds et la fit basculer à plat dos dans ses bras. Rae haletait :

— C'est bon. Laisse-moi descendre.

Wulf fit deux pas et se pencha, la poussant sur le siège arrière du 4x4 devant lui.

Elle recula, saisissant le bras de Wulf et le tirant vers elle. Par-dessus l'épaule de Wulf, elle aperçut Dieter qui reculait et surveillait la zone tout en fermant la portière

Rae tenait le bras de Wulf, sentant son biceps se contracter dans ses mains.

« Lizzy ! Georgie ! »

Dieter donna un coup sur le dossier du siège conducteur.

— Démarre !

Le 4x4 recula en s'éloignant du trottoir. Rae attrapa l'appui-tête pour s'accrocher et glissa sur le siège en cuir.

— Où sont Lizzy et Georgie ?

Wulf se retourna :

— Dieter ?

Dieter écoutait son oreillette, les yeux fermés.

— Personne n'est à terre dans la foule. La plupart des gens sont retournés à l'hôtel en courant. Luca dit que Georgiana est bien à l'intérieur. Il écouta encore. Pas de signe de Lizbeth et Théo.

— Il faut qu'on y retourne, dit Rae à Wulf. On ne peut pas les laisser là.

Wulf demanda à Dieter :

— Qui avons-nous à l'hôtel ?

— Six hommes y sont encore, dont Luca Wyss.

Rae tenait le bras puissant de Wulf, paniquée et pourtant prête à bondir pour trouver Lizzy. Les murs de pierre des bâtiments se dressaient au-dessus du

4x4 comme des crêtes qui donnaient aux tireurs d'élite une bonne visibilité.

— Nous allons nous diriger directement vers l'aéroport, déclara Wulf, enroulant ses bras autour de Rae, la protégeant à nouveau. L'avion est plus sûr.

— Nous devons retourner les chercher ! Faites demi-tour ! cria Rae au chauffeur.

— Aucun avion ne partira tant que Théo et Lizbeth ne seront pas en sécurité, lui dit Wulf. Il est presque certain que nous sommes les cibles. Si nous partons, nous attirerons l'attention des chacals. Théo et Lizbeth se perdront dans la foule et retourneront à l'hôtel ou à l'aéroport. Ils seront en sécurité. Nous les retrouverons. Nous les ramènerons. Wulf jeta un regard sévère et perçant sur Dieter. Il n'y a personne à terre, *ja* ?

Dieter leva les mains en l'air.

— Les informations que j'ai de trois *Welfenlegion* sont qu'il n'y a ni blessés ni victimes. Tout le monde à l'intérieur de l'hôtel est secoué mais indemne.

Le conducteur fit une embardée dans les embouteillages parisiens qui grossissaient dans les rues étroites, projetant Rae contre le corps de Wulf. Elle serra sa taille avec ses bras. Wulf la tenait serrée par les épaules. Elle sentit ses lèvres frôler ses cheveux.

Dieter dit :

— Luca dit qu'une de nos cartes SIM a été installée dans le téléphone de Valencia. Nous avons son numéro de téléphone. Nous allons l'appeler, savoir où il se trouve, et le récupérer dans quelques minutes. Dieter se pencha en avant, jetant un coup d'œil direct sur Rae. Wulfram a raison. Nous allons attirer les snipers vers nous. C'est toi et Wulfram qui êtes les cibles.

— *Moi je suis* une cible ? demanda Rae, mais elle comprit pourquoi au moment où elle le disait. Elle couvrit sa bouche avec sa main.

Wulf l'entoura à nouveau de ses bras, en appuyant sa tête sur son épaule musclée.

— Peux-tu imaginer la publicité si je te perdais toi aussi, si tu mourais dans mes bras sur le trottoir ? Les médias mettraient les deux misérables images côte à côte. Ses bras la serraient fort, comme s'il mettait son corps, lourd de muscles, entre elle et n'importe quoi d'autre. J'aurais dû te laisser tranquille.

— Les salopards, dit-elle, la voix pleine de colère contre ces hommes malfaisants.

Il la serra plus fort.

— Si tu ne veux pas vivre comme ça, je peux comprendre. Je peux dire à l'employé de mairie de ne pas enregistrer les documents. Nous n'aurions même pas besoin d'une annulation.

— Ne dis pas ça ! dit-elle, mais elle enfouit le visage dans son épaule et serra les mâchoires.

Chapitre Neuf

DANS L'AVION : WULF

Wulf von Hannover

*W*ulf était appuyé contre la cloison du jet Gulfstream, et observait tout le monde mettre sa ceinture sur les larges sièges en cuir pendant que les moteurs gémissaient au ralenti. Rae était au dernier rang et regardait par le hublot en mâchant une mèche de ses cheveux auburn. Elle avait vue sur le tarmac, une zone sécurisée de l'aéroport. Elle pouvait donc être en sécurité si près de la vitre, même s'il n'aimait pas qu'elle soit visible pour quiconque visant l'avion.

Wulf croisa ses longues jambes, s'assurant d'avoir l'air détendu. Toute sa vie, il avait donné l'exemple pour la galerie.

Georgiana était au troisième rang, et il était soulagé de la voir là. Laisser des gens derrière était une faute grave. Ils retardaient le décollage du Gulfstream pour permettre à d'autres personnes d'arriver de l'hôtel et pour s'assurer que tout le monde soit en sécurité avant que l'un ou l'autre des avions ne quitte l'Europe.

Wulf murmura à Dieter en alémanique, le dialecte suisse qu'il parlait avec ses amis de l'époque :

— Avons-nous retrouvé Lizbeth et Théo ?

Dieter fit un signe de tête.

— Luca Wyss m'assure qu'ils ont été récupérés par la *Welfenlegion* et qu'ils sont à l'hôtel. Ils sont secoués, alors ils vont se reposer quelques heures. De toute façon, l'avion sera plein quand le reste des voitures arrivera. Ils devront prendre le Challenger.

Un rapport complet de Dieter. La journée des merveilles n'était pas terminée.

— Bien, soupira-t-il plus fort qu'il ne l'avait prévu. Ont-ils besoin de quelque chose ?

— Non. Un peu de nourriture, du repos, une boisson bien raide, et ça ira.

— Assure-toi que Luca sache qu'ils peuvent avoir tout ce qu'ils veulent.

Dieter lui fit un sourire en coin.

— Je pense que personne ne s'est jamais plaint de votre hospitalité, Wulfram.

— Assure-toi juste qu'il le sache, Schwarz.

La rigidité du professionnalisme réapparut dans la posture de Dieter.

— Je vais m'en assurer. Nous devrions décoller le plus vite possible, Herr von Hannover. Une fois en l'air, nous serons tous plus en sécurité. C'est la seule façon d'assurer votre sécurité pour le moment.

Wulf fit un signe de tête.

— Combien de personnes supplémentaires sont en route depuis l'hôtel ?

— Dix. Ils devraient arriver dans l'heure.

— Merci, Dieter.

Wulf passa devant les rangées de sièges vides en se dirigeant vers l'arrière.

Georgiana, attachée à sa ceinture et en train de lire sur une tablette, attira son attention. Elle lui demanda : Lizzy ?

— Ils l'ont trouvée, et elle est à l'hôtel. Elle va bien. Elle sera sur le prochain vol.

Le visage pâle de Georgiana se détendit et ses joues devinrent roses.

— Oh, merci mon Dieu. Elle porta les mains à sa poitrine. Jésus, Marie, Joseph.

Wulf sourit.

— En effet. Il continua vers l'arrière et s'assit à côté de Reagan, l'éloignant de la vitre transparente où n'importe qui avec une lunette de tir pourrait l'avoir en ligne de mire.

— C'est vrai ? Ils l'ont retrouvée ? Rae s'appuya contre sa large poitrine.

Wulf enroula ses bras autour des épaules de sa femme et jeta un coup d'œil par le hublot, en cherchant distraitement des reflets de lentille.

— Oui. Ils sont tous les deux à l'hôtel avec Luca. Ils sont en sécurité. Nous sommes en sécurité. Tout va bien.

Chapitre Dix

LE SACRIFICE DE DIETER

Dieter Schwarz

*U*ne heure plus tard, les moteurs du jet Gulfstream se mettaient à tourner, en geignant alors que l'avion bondé tournait pour rouler vers la piste. Dieter était assis à côté de l'un des avocats américains aux cheveux blancs qui ne comprendraient probablement pas l'alémanique.

Dieter contorsionna son corps musclé dans son siège, regrettant d'avoir encore une fois relâché son entraînement de stretching pour vérifier que Wulfram était bien à l'arrière de l'avion, toujours assis à côté de Rae Stone.

La plupart des gens ne verraient pas la différence en lui, mais Dieter le pouvait. Chaque fois que Wulfram regardait cette femme, il reprenait son souffle comme si son cœur s'était remis à battre. Chaque fois qu'un autre homme la regardait, Wulfram retenait son souffle comme s'il appuyait sur la détente de son fusil de sniper.

Dieter aurait seulement souhaité que sa propre

femme ait cet effet sur lui, mais il l'aimait quand même. Ils avaient une fille qui serait presque aussi belle que sa mère. Son travail ne lui laissait que très peu de temps pour se disputer avec son épouse, de toute façon.

Il composa le numéro de Luca sur son téléphone portable.

— As-tu sécurisé Valencia et Pajari ?

— Négatif, dit Luca. Valencia ne répond pas au téléphone et nous n'avons aucun signal de l'application de suivi, et Pajari n'a jamais reçu une de nos cartes SIM françaises.

— Merde. Utilisez la sécurité de Grimaldi pour l'hôtel. Envoyez tous les autres à Paris pour les trouver avant que nous n'atterrissions aux États-Unis.

— Avant d'atterrir ? Von Hannover part sans les sécuriser ? Comment diable l'avez-vous convaincu d'être raisonnable ?

— Je lui ai dit que nous avions Valencia et Pajari à l'hôtel.

— Bordel de merde.

— Il me virera dès qu'il le découvrira, quoi qu'il arrive à Valencia et à Pajari. Si vous ne les mettez pas en sécurité d'ici à ce qu'on atterrisse, il me tuera aussi à mains nues.

Dieter n'exagérait que très peu.

Il se contorsionna de nouveau pour regarder Wulfram et Reagan. Ils parlaient doucement, tête contre tête. Wulfram souriait, un petit sourire bien réel, pas cette fente glaciale qu'il montrait à la face du monde.

Dieter se retourna et étira ses longues jambes jusqu'à la cloison, en disant à Luca :

« Mais je ne le laisserai pas mourir le jour de son mariage. »

Chapitre Onze

APRÈS LE MARIAGE

Rae

Si quelqu'un avait demandé à Rae où elle pensait passer sa nuit de noces, "trente mille pieds au-dessus de l'océan Atlantique" n'aurait pas figuré sur la liste. Après la cérémonie abrégée du mariage civil dans le bureau du maire de Paris et leur sortie précipitée après la réception, la caravane de 4x4 était arrivée à l'aéroport, et ils avaient été poussés dans l'avion.

Alors que Georgie, les invités et les agents de sécurité étaient tous bordés dans leurs sièges inclinables et que la nuit remplissait de ténèbres et d'étoiles le ciel derrière l'avion, Rae suivit Wulf dans la chambre située à l'arrière du jet Gulfstream et donna un coup de pied dans la porte pour la fermer derrière elle. Les murs de l'avion bourdonnaient autour d'eux.

Leurs sacs pour la nuit se trouvaient sur les commodes. Le reste de leurs bagages — Rae avait été choquée par la quantité de choses qu'elle avait accumulées en une semaine seulement — était rangé dans la soute sous leurs pieds. Quelqu'un avait acheté trois nouveaux sacs bordeaux et or et une nouvelle valise pour qu'elle puisse y ranger tous les vêtements de son propre mariage et de celui de Flicka. Elle n'aurait probablement plus jamais l'occasion de porter des robes aussi habillées.

A priori…

Wulf commença à déballer son bagage à main, en sortant son sac et son pyjama. Les plafonniers brillaient sur ses cheveux blonds. Il lui jeta un regard de côté, toujours aussi calme. Ses yeux azur étaient de la couleur de l'eau calme et profonde.

Rae se racla la gorge pour stabiliser sa voix. Elle avait eu beau essayer de les faire sortir de sa tête toute la journée, des choses terribles se glissaient dans son cerveau chaque fois qu'elle était distraite du cirque infernal qu'avait été le jour de son mariage.

Wulf avait toujours des secrets. La veille, il avait eu l'air tout à fait normal quand il avait fait sa demande, aussi normal que d'habitude, en tout cas, mais il pouvait refermer cette coquille brillante et personne ne saurait jamais ce qu'il avait dans la tête, pas même elle.

Il pourrait être malade. Il aurait pu savoir qu'il y avait d'autres hommes armés dehors. Il y avait peut-être quelque chose de pire que Rae ne pouvait pas deviner.

— Bon, très bien. On est seuls. Quel est ce putain de secret ?

Wulf sortit de son sac un long pantalon de pyjama en soie et un autre tee-shirt de concert.

— Si tôt ?

— Il faut qu'on en parle.

Il drapa le pyjama sur son sac. Son regard froid

se posa sur elle, comme s'il évaluait tout ce qu'il pouvait lui dire.

— Souviens-toi, j'ai essayé de te demander en mariage il y a deux semaines, et tu t'es enfuie.

— Quand on est rentrés de L.A. et que je suis sortie du 4x4 alors que des javelots enragés me poursuivaient ? Maintenant, crache le morceau. Wulf lui tendit la main, alors elle avança des quelques pas entre eux et elle la prit. Son pressentiment se transforma en une vague de terreur. Wulf, dis-moi.

Il la prit dans ses bras. Elle sentit son souffle lorsqu'elle posa la tête sur sa chemise, cette même chemise blanche et impeccable qu'il portait depuis le matin. Des muscles épais se contractèrent sous sa joue alors qu'il soulevait une épaule ronde.

La voix profonde de Wulf gronda sous sa joue.

— Tout cela n'était qu'un stratagème. J'ai dit qu'il y avait une raison, que c'était un secret, mais que c'était une ruse pour que tu m'épouses le plus vite possible, avant que tu ne reprennes tes esprits et que tu ne t'enfuies à nouveau.

Rae hésita. C'était plausible, à sa manière tordue de Wulfie, où les grands traumatismes de la vie étaient écartés par des "Franchement, je vais bien", et où on pouvait négliger de mentionner la signification de son nom de famille.

Pourtant, il y avait quelque chose qui ne collait pas.

Wulf reposa son menton sur le dessus de sa tête.

« Je ne pouvais pas supporter de vivre un autre coucher de soleil sans être mariée avec toi. Si jamais aujourd'hui, ou par un autre matin ensoleillé, un autre tireur sortait de la foule, si cette fois la balle trouvait mon cœur, je voulais que tu sois ma femme. Je voulais te regarder dans les yeux, et je voulais que tu saches que je t'aime plus que tout au monde. »

La certitude dans sa voix fit tressaillir son cœur.

— Ça n'arrivera pas.

Mais c'était arrivé. *Encore une fois.*

— Es-tu contrariée ? demanda-t-il.

— Non, mais on aurait pu attendre. Ma mère t'assurera que je n'ai aucun sens commun, donc il n'y avait pas de danger que je reprenne mes esprits et que je te jette par-dessus bord.

— Je dois avoir une plus grande opinion de toi. Il l'embrassa sur le dessus de la tête, en plein milieu, là où elle combattait son épi tous les matins. J'attendais simplement de trouver un endroit magnifique et de me procurer une bague convenable.

— Je n'arrive pas à croire que nous sommes entrés dans le bureau du type et que tout était prêt pour nous.

Wulf se mit à rire.

— Ça aurait pu être plus compliqué que ça.

— Ah ?

— J'ai publié les bans l'après-midi où tu t'es enfuie du 4x4. J'ai des avocats ici depuis la semaine dernière, qui s'occupent de la paperasse. J'ai copié ta décharge médicale de la Maison du Diable et la mienne et je les ai amenées avec nous. J'ai finalement pu tirer mon épingle du jeu pour contourner l'obli-gation de résidence. En gros, j'ai affirmé que la France m'appartenait, donc que je pouvais m'y marier quand je voulais.

— C'était terriblement présomptueux de ta part, de faire tout cela et de supposer que je dirais oui. Je n'avais même pas accepté d'aller en France avec toi.

— C'était pure arrogance égocentrique, un trait commun aux Hanovre, tu verras.

Elle se blottit contre sa poitrine.

— Oui, j'ai remarqué.

— Je priais pour que les tabloïds ne découvrent pas les bans. Ils ont trouvé ceux de Flicka trois heures après leur publication.

— Tu as fait tout ça pour moi ?

Il lui frotta le bas du dos. Mon Dieu, ses grandes mains lui faisaient du bien, en libérant ses tendons de tout le stress accumulé.

— Absolument.

— OK, j'ai le sentiment que tu vas pouvoir faire marcher ta magie là-dessus aussi, mais je ne pense pas pouvoir organiser un mariage mondain et passer mes examens finaux dans six semaines.

Les bras de Wulf se détendirent autour d'elle.

— As-tu remarqué la lueur maléfique dans l'œil de ma sœur quand elle a demandé s'il y aurait un mariage à l'église ? Flicka rentrera de sa lune de miel dans une semaine. Je prédis qu'elle arrivera chez nous dans huit jours avec ses albums et un planificateur professionnel à ses côtés. Cette enfant adore organiser des fêtes. Là encore, tu pourras t'impliquer autant que tu le souhaites, mais tu peux aussi tout choisir en un après-midi et ne plus te montrer, si tu veux. Honnêtement, cela rendrait ta belle-sœur follement heureuse.

Rae reposa son visage contre lui, écoutant son cœur galoper dans sa poitrine. Ils étaient en sécurité. Elle allait dormir dans ses bras cette nuit et pour le reste de sa vie. Elle serra ses bras fermement autour de sa taille.

La voix de Wulf était aussi légère que les bouffées de nuages colorés par le coucher du soleil qui passaient devant les hublots, lorsqu'il demanda :

— Sans rapport avec ce qui précède, penses-tu qu'il y ait une chance que tu sois enceinte ?

Chaque articulation de ses membres et de sa colonne vertébrale se bloquèrent.

— Quoi ?

— C'était juste une idée. Peu importe.

— Non. Non. Bien sûr que non. Non.

— Ah.

La seule syllabe de Wulf fut aussi neutre que la Suisse.

Mais Rae commença à calculer : septembre a trente jours, tout comme avril, juin et novembre, mais le mois dernier c'était février, ce qui aggravait la situation, et elle arriva au chiffre trente-sept.

Mon Dieu. Trente-sept. *Neuf jours de retard.*

L'émerveillement la remplit, et elle pensa à un bébé qui la regardait avec des yeux bleus comme du cristal, alors qu'elle tenait son petit corps dans ses bras, et elle retint son souffle d'un air rêveur, mais elle relâcha tout sous le choc.

— Oh mon Dieu !

Les bras de Wulf se resserrèrent autour d'elle, et des tremblements se répandirent dans tout son corps.

Elle s'accrocha à sa taille, essayant de ne pas s'effondrer. Ses bras puissants la tenaient serrée. « Oh, mon Dieu, Wulf ! »

— Est-ce que ça veut dire peut-être ? Son corps se souleva contre elle, comme s'il avait basculé sur ses orteils.

— Je ne peux pas abandonner la fac *maintenant* !

— Bien sûr que non. Je ne permettrais pas une chose pareille.

— *Permettrais* ? ! Tu crois que tu me permettrais de faire quoi que ce soit ? Malgré sa véhémence, elle enfouit son visage dans son torse chaud et s'accrocha à lui.

Il lui caressa les cheveux.

— Ce n'est pas ce que je voulais dire. L'anglais est ma troisième langue, et je me suis mal exprimé.

Elle s'accrocha à sa taille de toutes ses forces.

— J'espère bien !

— Je voulais dire que tu devais finir l'université et les études supérieures, ou l'école de médecine, ou ce que tu choisiras. Le plan n'a pas changé. Tu finiras le reste de ce semestre dans six semaines, et ensuite nous déciderons où vivre. J'ai des offres permanentes pour des postes de professeur invité à Oxford, Chicago et Princeton. Dis-moi où tu veux terminer tes études, où tu veux faire des études supérieures ou de médecine, et je m'en occuperai. Après cela, nous déciderons où placer la clinique pilote d'Un rayon de Lumière.

Un tsunami de folie s'écrasa sur sa tête, et elle se noya dans la panique.

— Chaque fois que ma mère a eu un bébé, un de mes frères, ça l'a presque tuée. Les couches, la lessive, la cuisine, le nettoyage, l'alimentation et la folie de tout le truc. Elle a manqué l'office parce qu'elle ne pouvait pas tout faire. Ma mère a manqué l'office !

— Tu ne feras pas tout ça.

— Les bébés ont besoin de toutes ces choses. On doit stériliser les biberons, laver les couches, cuisiner la nourriture pour bébé, coudre les vêtements pour bébé, repasser les grenouillères et toutes les autres choses que je ne sais même pas faire ! Elle ne pouvait pas faire tout cela et aller en classe pour passer des tests, écrire une thèse, rencontrer des professeurs et faire son stage de conseillère. La panique résonnait dans sa tête.

— Mais tu n'as pas besoin de faire tout ça !

— Bien sûr que je le ferai, si c'est vrai, si je suis enceinte. Qui d'autre ferait tout ça ?

— Mon personnel, dit Wulf. On ajouterait quelques personnes pour t'aider.

— Oh, non. Pas une nounou. Je ne pourrais pas.

Flicka lui avait raconté que la nounou préférée de Wulf et Constantin avait disparu. Ils en avaient conclu qu'ils étaient seuls au monde, sauf l'un pour l'autre, et ils avaient raison.

—Je n'aurais jamais la prétention de te dire quoi faire, mais quelqu'un d'autre pourrait acheter et laver les vêtements, faire la nourriture pour bébé, acheter les couches, et tout ça. Tu pourrais faire les choses importantes avec tout enfant hypothétique. D'ailleurs, n'y a-t-il pas eu des recherches qui ont montré que, dans un environnement stable, les enfants ayant plus de personnes pour s'occuper d'eux sont généralement mieux adaptés ?

Les battements ralentirent dans sa poitrine.

— Oui, comme des gouvernantes. Mais tu as dit que tu avais eu des nounous, et que ce n'était pas bien pour toi.

Il haussa les épaules.

— Nos nounous étaient régulièrement renvoyées sans avertissement ni possibilité de leur dire au revoir. Constantin et moi voyions notre mère peut-être une fois par semaine, et notre père moins que cela. Nous avons été envoyés au pensionnat à l'âge de cinq ans. C'était comme ça.

— Je ne veux pas faire ça à un enfant. Je ne le ferai jamais.

— Bien sûr que non. Il l'installa plus près de sa poitrine, en la serrant dans ses bras.

L'impression de tourbillon à l'idée de tout ça l'envahit à nouveau.

— Mais je ne peux pas de toute façon ! C'est impossible de finir l'école quand on a un enfant !

Wulf dit :

— Si. Je l'ai bien fait, moi.

Rae tendit les bras autour de son cou, tout en tremblant.

— Comment ça ?

Wulf répondit :

— J'ai fini le lycée et j'ai fait la plupart de mes études de premier cycle tout en élevant Flicka. J'avais quinze ans. Elle en avait six.

Rae haleta et inspira pour la première fois. Elle se recula et le regarda.

— Comment as-tu fait ?

Il s'assit et l'attira vers le lit pour qu'elle s'assoie avec lui.

— J'imagine que ce serait plus facile avec deux parents et sans être moi-même un adolescent.

Son cœur se brisa dans sa poitrine.

— Dis-moi comment tu as fait.

— Tu fais ce qui est important et tu délègues le reste. Flicka voulait emporter son déjeuner fait maison à la salle à manger du Rosey tous les jours et voulait que je lui fasse, et moi seul, un sandwich à la dinde ou au jambon. Elle était reconduite chez nous à quatre heures, et si je n'étais pas rentré à cinq heures, elle donnait des coups de pied aux nounous. Nous dînions à six heures, alors j'avais une équipe pour nous faire la cuisine. Nous faisions nos devoirs ensemble après le dîner. Je la formais à l'orthographe. Elle m'interrogeait sur le vocabulaire russe et elle a pris une bonne longueur d'avance sur cette langue.

L'incrédulité lui fit tomber la mâchoire.

— Tu avais besoin d'être interrogé sur la mémorisation des mots de vocabulaire ? Toi ?

Il haussa les épaules.

— C'était important pour elle. Sa main suivit la colonne vertébrale de Rae, en réfléchissant. Tu n'as rien dit à personne là-dessus, n'est-ce pas ?

Sur sa mémoire ?

— Bien sûr que non, Wulf. Je ne ferais jamais ça.

— Bien. On me considère bien assez comme une curiosité. Il se tut. Seuls toi et Flicka en connaissez l'étendue. Yoshi et Dieter s'en doutent un peu.

Elle hocha la tête contre la chaleur de son épaule.

— Finis de me parler de Flicka.

— Je n'ai fait la connaissance de Flicka qu'à l'âge de trois mois parce que j'étais à l'école. Ce n'est que lorsque notre mère est tombée malade que je suis rentrée à la maison l'été suivant. J'ai tout raté d'elle quand elle était bébé. Je ne veux pas rater ça encore une fois.

— Tu dois t'occuper des stock-options et tout ça.

— En général, je finis d'ajuster mes positions sur le marché à vingt-deux heures.

— Les bébés sont debout toute la nuit.

— Je suis debout toute la nuit, moi aussi.

— Tu allais m'apprendre à skier. Nous allions boire cette bouteille de bourbon Pappy Van Winkle que tu as gardé précieusement. J'ai tout gâché.

— Reagan, si tu es enceinte, alors tu me rends encore plus heureux, ce que je ne pensais pas possible. Je soutiendrai n'importe quelle décision, mais je veux un enfant avec toi. Je veux *des* enfants avec toi. Quand je suis avec toi, je me sens vivant, le *monde* est plus vivant, et je veux que des petits enfants aux cheveux auburn et aux yeux marron pourchassent les chiens à travers le château de Marienberg un jour.

Leurs mains s'entrelacèrent en un énorme nœud de doigts.

— N'importe lequel de mes enfants se comporterait mieux que ça.

— Je vais m'assurer que tu aies du temps pour la classe et du temps pour étudier et que nous ayons du temps ensemble. J'ai élevé ma sœur tout en allant à l'école. Je sais comment faire. Il la regarda dans les yeux. Penses-tu que tu pourrais l'être ? Enceinte, je veux dire.

— Je ne sais pas. Je dois faire le test, mais j'ai du retard.

Les sourcils blonds de Wulf se rapprochèrent, puis son visage s'éclaira quand il comprit.

— Ah. Je n'avais jamais entendu cette expression familière auparavant.

Des pensées horribles s'accumulèrent dans la tête de Rae comme des nuages avant l'orage.

— Ce n'est pas pour ça que tu as fait ta demande, n'est-ce pas ? Et que nous nous sommes mariés si vite ? Nous sommes au XXIe siècle, Wulf. Tu n'avais pas besoin de le faire. Elle prit l'alliance entre ses doigts et tira dessus. Je ne t'ai pas piégé. Je n'ai jamais voulu te piéger. Oh, mon Dieu ! Des femmes ont probablement essayé de faire ça toute ta vie ! Je suis vraiment désolée !

Il la fit pivoter et la prit dans ses bras, la berçant sur ses genoux. Il écarta sa main et repoussa l'anneau sur sa phalange.

— Je nie, murmura-t-il près de son oreille. Je le nie toujours. Comme je l'ai dit, j'ai essayé de faire ma demande il y a deux semaines, et depuis, j'arrange les choses. Je ne me doutais de rien jusqu'à ce que nous soyons dans l'avion pour la France, et je n'ai jamais été sûr. S'il n'y avait eu qu'un seul souci, je t'aurais demandé en mariage, mais je ne pouvais pas supporter d'attendre un jour de plus pour t'épouser.

Sur sa main gauche, le grenat lié au platine scintillait en bleu foncé et rouge rubis sous les lampes fluorescentes du plafond. Les diamants autour de la pierre dispersaient la lumière du soleil qui s'évanouissait en se faufilant par le hublot, jetant des taches sur les parois de l'avion comme des lasers. Sous la bague de fiançailles, un deuxième anneau de platine s'enroulait autour de son doigt.

— Qu'aurais-tu fait si j'avais dit non et que j'étais sûre de ne pas être enceinte ?

Ses mains se serrèrent autour des siennes. J'ai un contrat de trois mois avec ce jet, et il aurait été ravitaillé en carburant et nous aurait attendus pour nous emmener à Las Vegas au moment où tu te serais laissé aller. Tu as dit que les gens peuvent s'y marier presque immédiatement.

Bien sûr, il s'en souvenait.

« Puisque nous nous sommes mariés en France, dit Wulf, le jet est à notre disposition pour une lune de miel prolongée. Après nous être mariés en bonne et due forme en Suisse, après tes examens, nous pourrons aller où tu voudras. Nous abuserons de ton joli nouveau passeport jusqu'à ce qu'il soit aussi abimé que le mien. Où veux-tu aller en premier ? »

Toutes les lignes du questionnaire de voyage de la Maison du diable défilaient sous ses yeux.

— Londres ?

— Merveilleux. On séjournera chez mes cousins. Il y a d'excellents endroits pour écouter de la musique à Londres. Nous pourrions même être là-bas pour le festival de Glastonbury, si tu le souhaites. Alors où ensuite ?

Rae réfléchit vite.

— Belize.

Le sourire de Wulf donna l'impression qu'elle l'avait fasciné.

— Je n'y suis jamais allé !

— J'ai lu des trucs dessus. J'adore nager. J'ai entendu dire que le snorkeling y est phénoménal, et je comprends l'espagnol.

Il rejeta la tête en arrière et éclata de rire, un rire à gorge déployée que Rae avait rarement entendu de sa part, et seulement au cours des deux semaines précédentes. Son rire était joyeux, exubérant et contagieux, et elle se mit à rire avec lui.

Tout ce que Rae avait à faire était de se laisser aller au bonheur, alors elle libéra toutes les pensées folles et se détendit dans les bras puissants de Wulf.

Wulf la fit rouler sur le lit et rampa sur elle, enfonçant son visage dans son cou, toujours en riant. Son parfum, thé à la cannelle, musc et mandarine, s'échappa du col de sa chemise, et elle y glissa le visage.

— Tu es à moi. Toute à moi. Je ne pense à rien d'autre depuis des semaines. Tu ne m'as pas piégé.

C'est moi qui t'ai piégée. J'ai enroulé ma vie autour de la tienne, et maintenant tu ne peux plus m'échapper.

Ses lèvres touchèrent les siennes, et il les frôla du plus délicat des baisers.

Elle tendit les bras vers son cou, passa ses doigts dans ses cheveux dorés et l'attira vers elle, l'embrassant parce qu'elle avait faim de lui.

Sa bouche s'ouvrit au-dessus de la sienne, il inclina la tête et plaqua ses lèvres sur sa bouche ouverte. Il courba le dos au-dessus d'elle comme un taureau, et enfonça sa langue dans sa bouche. Elle s'appuya contre lui et il gémit contre ses lèvres. Wulf enroula les mains dans ses cheveux et bloqua sa tête sur le lit.

Sa bouche chaude lui mâcha le cou, mettant le feu à sa peau.

À trente mille pieds au-dessus de l'océan Atlantique, Rae dit, Wulf, dans un soupir, et ils respirèrent ensemble.

Chapitre Douze

UNE CONFESSION, DIETER

Dieter Schwarz

*D*ieter se tenait dans l'immaculée cuisine intégrée de la maison de Wulfram, en train de boire du café, tandis que celui-ci regardait Reagan Stone monter dans la voiture pour la conduire à l'université. Hans avait fait appel à un chauffeur et à un garde du corps aujourd'hui, ce qui lui avait permis de tenir *Shloss Southwestern* pendant que Dieter et la plupart des autres habitants de la *Welfenlegion* étaient en service 24 heures sur 24 et 7 jours sur 7 en Europe. Hans avait l'air particulièrement joyeux et bien reposé, le bâtard. Personne ne lui avait demandé d'esquiver une balle deux fois ces derniers jours. Les points de suture sur le triceps de Dieter étaient encore frais.

Il avait mis son costume noir le plus récent pour parler avec Wulfram. Son col amidonné lui grattait la nuque alors qu'il répétait ses excuses et l'assurance reçue de Luca Wyss il y a quelques heures seulement, selon lesquelles Valencia et Pajari étaient en sécurité, voire indemnes.

La porte du garage se referma derrière Hans et Rae Stone. Sur ce, Dieter et Wulfram se retrouvèrent seuls dans la cuisine.

Wulfram se retourna et s'avança fièrement vers la porte du salon, un petit sourire d'une étrange légèreté perturbant son expression habituellement impénétrable.

Dieter s'éclaircit la gorge.

— Herr von Hannover.

Wulfram s'arrêta et le regarda. Son sourire avait déjà disparu, et il ressemblait à nouveau au monarque froid et au sniper qu'il était.

Merde, il allait manquer à Dieter. Leur amitié durait depuis plus d'une décennie et était intense, d'une manière que seuls le risque mortel mutuel et la camaraderie militaire pouvaient forger.

— Oui, Schwarz ?

Dieter retira une enveloppe de la poche de son costume. En alémanique, le dialecte suisse qu'ils parlaient ensemble, il dit :

— Je voudrais présenter ma démission, Herr von Hannover.

Wulfram jeta un coup d'œil à l'enveloppe dans la main de Dieter ainsi qu'à l'expression vide qu'il maintenait sur son visage.

Celui-ci aurait prédit que Wulfram réagirait avec une colère froide face à la preuve d'une telle trahison absolue. Dieter l'aurait fait, lui.

Au lieu de cela, les lèvres de Wulfram se séparèrent, et il retint son souffle.

— Qu'as-tu fait, Dieter ?

Partie Quatre

ÉPILOGUE 4: SKIER EN JUIN

Milliardaires incognitos : Rae et Wulf

CHAPITRE UN

Rae

*L*orsque Rae et Wulf avaient quitté le désert du sud-ouest Américain dix heures auparavant, le soleil couchant estival léchait les bras de Rae à travers la vitre teintée du SUV qui les conduisait à l'aéroport.

Et maintenant, *la neige.* Des montagnes recouvertes de neige ! Un mètre de glace et encore de la poudreuse la nuit dernière, et le soleil argentin du matin qui dardait ses rayons comme des projecteurs sur une scène. La neige cristalline piquait le visage de Rae comme le sel qui vole au vent.

La différence de température était de près de 37 degrés, et l'air froid avait transpercé la nouvelle veste de ski de Rae pendant la petite course du 4x4 au chalet. Elle avait commandé la veste en ligne en toute hâte, car Wulf avait réservé ici moins d'une semaine auparavant. Le blizzard de juin avait fait tomber de la neige au début de l'hiver dans l'hémisphère sud. Ce chalet n'ouvrait généralement pas avant fin juin ou début juillet.

L'argent et les privilèges changeaient tout, même les lois du temps et de l'espace. Si elle voulait quelque chose d'impossible, comme aller skier en juin, Wulf s'arrangeait pour qu'ils puissent aller skier en juin. Rae se sentait comme un rat du désert qui se serait introduit dans un chalet de ski luxueux, le tout dans le mauvais hémisphère.

La lumière du soleil éclairait d'un blanc éclatant les congères devant les immenses fenêtres. À l'intérieur, le feu rugissant dans la cheminée projetait d'épais rayons de lumière sur le bois rustique et les canapés confortables. Des effluves de feu de bois emplissaient l'air et s'accrochaient à ses vêtements lorsqu'elle marchait.

Rae plissa les yeux, réajustant sa vue après l'éblouissement produit par la neige. La forme du long comptoir de l'accueil, où évoluaient les ombres du personnel, se détachait des rayons, et les hommes de la sécurité de Wulf, tous vêtus de longs manteaux noirs par-dessus leurs costumes noirs, les guidèrent à travers le hall jusqu'aux ascenseurs. L'équipe de reconnaissance avait déjà sécurisé leur étage, le plus haut.

Elle se retourna pour regarder Wulf, qui s'approcha d'elle en direction des ascenseurs. Les rayons de lumière plats projetaient des ombres sur sa mâchoire carrée et ses pommettes saillantes. Elle plissait toujours les yeux vers le soleil éclatant et elle faillit lui poser une question inepte sur des lunettes de ski teintées, mais son attention était concentrée de l'autre côté du hall, avec l'intensité d'un missile verrouillé sur une cible.

La lumière du soleil derrière lui auréolait ses cheveux blonds, et ses yeux bleu foncé ne trahissaient

rien. Son visage impassible, fruit d'un long entraînement, était aussi serein que l'eau profonde, comme il
l'était toujours lorsqu'ils n'étaient pas seuls.

Wulf ne remarqua pas que Rae le regardait alors
qu'ils se hâtaient dans le hall d'entrée, les chaussures
de leurs agents de sécurité martelant le plancher de
bois alors qu'ils tournoyaient autour de Rae et de
Wulf comme des frelons. Elle avait appris à lire les
variations extrêmement subtiles de la tension dans sa
mâchoire et autour de ses yeux, et il regardait l'autre
bout du hall avec la même intensité tranchante que
lorsqu'il évaluait des milliers de chiffres mobiles tout
en gérant ses portefeuilles d'actions.

Il était en train de calculer quelque chose de très
complexe.

Rae se retourna, et le dos musclé d'un des agents
de sécurité en costume noir bloqua son champ de
vision sur la grande salle pendant un moment.

De l'autre côté du hall, le soleil qui brillait
derrière Rae et le feu de joie qui brûlait dans
l'énorme cheminée de pierre éclairaient une femme.
Elle portait une de ces tenues de ski moulantes qui
soulignait ses jolies formes comme une combinaison
de plongée, et sa seconde peau bleue mettait en
valeur ses traits pâles, ses yeux noirs brillants et ses
luxuriantes boucles noires.

La femme sourit lentement et sensuellement à
Wulf sans jeter un regard à Rae.

Tout comme lui, qui ne l'avait pas quittée des
yeux.

Un coin de son esprit lui trouvait un air familier,
mais Rae n'arrivait pas à se souvenir de qui était la
femme.

Rae se retourna vers Wulf.

— Est-ce qu'on la connaît ?

Wulf la regarda, le visage aussi imperturbable que la poudre fraîche qui scintillait à l'extérieur des fenêtres.

— Je ne sais pas de qui tu parles.

— Cette femme.

Rae fit un geste vers le hall alors que les gars de la sécurité les entassaient précipitamment dans l'ascenseur.

Deux d'entre eux montèrent dans l'ascenseur avec eux. Ils tournèrent le dos à Rae et Wulf et fixèrent les portes qui se refermèrent, si bien que Rae ne vit que des épaules larges dans des manteaux de laine noire.

Elle fronça les sourcils.

« Je jurerais que je la connais de quelque part. »

Wulf haussa les épaules, et un tout petit sourire souleva le coin de sa bouche.

— Je n'ai absolument aucune idée de qui tu veux dire.

Rae s'arrêta et déglutit, un goût amer dans la bouche.

Wulf ne lui mentait jamais d'habitude.

Il omettait des choses, certes, mais seulement quand il pensait avoir une excellente raison, généralement pour la protéger ou pour ne pas l'effrayer.

Elle l'observait, l'examinant pour avoir une idée de ce qu'il pensait.

Il avait fixé cette femme du regard, *intensément*. Il savait exactement de qui parlait Rae. Une image surgit soudain dans son esprit : cette même femme, portant une fine robe blanche et tendant sa main délicate en disant : "Marie-Thérèse Grimaldi, cousine du marié". Un doux parfum d'encens flottait dans l'air. Une porte en bois se dessinait derrière les boucles noires de Marie-Thérèse lorsqu'elle s'était présentée, la porte de la pièce où la sœur de Wulf, Flicka, avait pleuré le jour de son mariage à Paris parce que leur père essayait de tout gâcher en piquant une colère.

Le père de Wulf pensait que Pierre n'était pas un bon parti pour leur famille.

Marie-Thérèse était l'une des demoiselles d'honneur de Flicka.

Rae remua les doigts dans la main gantée de Wulf. Les pierres saillantes de ses bagues frottaient sur ses doigts, alors elle fit tourner les anneaux pour les redresser.

Wulf ne pouvait pas avoir oublié Marie-Thérèse. Il n'oubliait jamais rien. Jamais. Rae n'aurait pas pu supporter que sa mémoire ne s'efface jamais, même pas les horreurs de l'enfance, et elle avait lentement, au cours des derniers mois, commencé à discerner les nombreuses capacités qu'il avait pour y faire face. La plupart d'entre elles concernaient l'adrénaline ou la testostérone. Tout individu avec moins de maîtrise de soi serait devenu fou.

Elle aurait aimé écrire un article de psychologie sur lui pour sa dernière année de fac l'année suivante, mais c'était un homme bien trop secret. Cela l'aurait comme découpé au scalpel et elle ne voulait pas lui infliger ça.

Mais elle n'était pas tranquille.

Il était étrange que Marie-Thérèse Grimaldi se trouve en Argentine dans une station de ski, et il était tout à fait déconcertant que Wulf ne veuille pas admettre l'avoir vue.

CHAPITRE DEUX

Rae

*L*es portes de l'ascenseur s'ouvrirent sur le couloir de leur suite, et les yeux de Rae se fermèrent quand la lumière traversa les fenêtres. Elle avait grandi avec le soleil du désert qui brûlait les plantes et transformait le sol en poussière, mais ce soleil éblouissant ressemblait à un laser pour ses yeux larmoyants.

— Oh, la vache !

Wulf la regarda et se dirigea vers le mur de fenêtres en face des portes de l'ascenseur.

— Fermons ces rideaux.

Les gars de la sécurité étaient déjà en train de se disperser dans la suite, et deux types tirèrent des rideaux opaques devant les hautes fenêtres, filtrant le froid et la lumière blanche.

— C'est mieux ?

— Oui. Beaucoup. Rae essuya les coins de ses yeux avec sa manche. Wulf chéri ? On peut parler de quelque chose ?

— Bien sûr. Il ouvrit la voie à travers le salon - le

bois sombre et brillant et le velours bleu marine équilibraient la lumière du soleil et de la neige dehors - jusqu'à une chambre à coucher. Wulf avait mentionné qu'il séjournait dans cette suite chaque fois qu'il faisait du ski en Argentine, il était donc logique qu'il connaisse l'agencement des pièces.

Elle le suivit parce qu'elle n'était bien sûr jamais venue dans ce chalet réservé à l'élite, ni dans l'hémisphère sud ni en juin. Rae était perdue.

Il ferma la porte derrière eux et retira ses gants de cuir noir et son long manteau. En dessous, il portait un costume noir semblable à ceux de tous ses gardes du corps, semblable pour quelqu'un qui ne pouvait pas voir la différence entre la coupe précisément ajustée et le tissu très fin du sien, par opposition aux costumes qu'il avait achetés pour ses hommes, qui ne coûtaient que quelques milliers de dollars, et dont les coutures étaient modifiées de manière très spécifique, plus larges sous les bras et aux manches plus longues.

Rae prit une profonde inspiration. Aucune femme n'aimait dire ce qu'elle allait dire.

— Wulf, chéri, tu n'as pas à faire semblant de ne pas l'avoir vue. C'est normal de regarder les jolies femmes.

Un de ses sourcils blonds s'abaissa, et il sourit même un peu.

— Je te demande pardon ?

Elle aimait son accent. Il était encore majoritairement anglais, « *pah-don* », mais quand il se détendait, des soupçons d'allemand et de français se faufilaient, et elle en avait fait un jeu pour le taquiner.

— C'est bon. Elle est jolie. Elle est *magnifique*. Et

je me fais un peu épaisse autour de la taille, donc c'est normal de mater.

— Tu pensais... Wulf cligna des yeux et les baissa pendant un moment alors qu'il inspirait par le nez, mais ensuite il fit deux pas à travers la pièce avec ses longues, longues jambes et la prit dans ses bras.

Elle fut obligée de se cambrer sous sa force.

— Wulf !?

Un murmure sévère effleura la peau de son cou.

—Je ne *matais* pas, et certainement pas pour ça. Ses doigts s'agrippèrent à ses hanches, s'enfonçant juste assez dans sa chair pour attirer toute son attention. Tu portes notre enfant. Chaque fois que je te regarde, les courbes de tes hanches, les mouvements de ton corps, je suis à genoux.

Ses lèvres se plaquèrent sur les siennes, puis il la poussa contre le mur, passant une main sous son pull pour trouver sa peau. Il l'embrassa dans le cou, et ses doigts nus étaient froids contre ses côtes.

Rae l'entoura de ses bras et enfonça son visage dans son épaule. La fine laine de sa veste de costume contre sa joue absorba l'humidité qui s'échappait de ses yeux à cause de la violence de la lumière du soleil réfléchie par la neige, se dit-elle.

Le souffle de Wulf chauffait la peau de son cou, et son murmure se répandit à travers ses longs cheveux auburn lâchés sur ses épaules.

« Chaque fois que je te regarde, j'ai envie de *toi*. Je jure devant Dieu que mon corps veut te rendre encore plus enceinte, d'une certaine façon. Tu es tellement à moi qu'une partie de moi grandit en toi. Je ne veux regarder *aucune autre* femme. Je veux te regarder à chaque instant pour ne pas en manquer

une seule seconde. Tu me bouleverses, »
chuchota-t-il.

Wulf chuchotait toujours dans de tels moments,
et quand il le faisait - rarement, doucement - le cœur
de Rae s'ouvrait grand. C'était comme si la coquille
brillante qui dissimulait une profonde vulnérabilité
s'entrouvrait.

Wulf saisit les bras de Rae par les coudes, les
étira au-dessus de sa tête, et il lui cloua les poignets
au mur avec une de ses larges mains.

— *Oh*, fit-elle dans un souffle.

Son murmure se transforma en grognement.

— Oui, qui est contre le mur cette fois ?

Elle tordit les mains, essayant de se libérer parce
qu'elle voulait le toucher, faire courir ses doigts sur
ses larges épaules et dans ses cheveux épais, mais il la
pressa fermement contre le mur avec son corps puissant. Le plâtre refroidissait son dos et ses fesses, mais
la main libre de Wulf réchauffa sa poitrine alors qu'il
frottait légèrement le bout d'un sein et qu'il ouvrait
la bouche sur sa gorge.

Elle sentit la morsure dans son cou et elle poussa
un petit cri.

Le petit rire de Wulf vibra sur sa peau.

Il lui enleva ses épais vêtements d'hiver, en tenant
au moins un de ses poignets au-dessus de sa tête
pendant tout ce temps, la faisant tourner d'un côté
puis de l'autre contre le mur, pressant son corps
contre elle et l'étourdissant à moitié. Un moment, il
tira son nouveau pull en cachemire au-dessus de sa
tête, mais il attrapa de nouveau ses mains et la fit
tourner, pour finir derrière elle et faire glisser ses
mains sur ses hanches pour faire descendre son vieux
jean qui était de plus en plus ajusté.

Il le fit passer autour de ses chevilles et laissa tomber sa veste de costume sur le sol en même temps, libérant ses mains dans sa hâte.

Le temps qu'il la fasse se retourner et que ses lèvres se posent sur les siennes, il avait jeté sa cravate et sa chemise sur le sol en bois, et la peau chaude de sa poitrine musclée la réchauffait. Elle passa la main sur l'encre noire et rouge du haut de l'énorme tatouage qui couvrait la moitié de son dos. Les légers effluves de son eau de Cologne - des épices chaudes comme la cannelle et l'orange combinée au parfum masculin naturel de Wulf − chatouillèrent ses narines et elle inhala le long de son cou pour en avoir plus. Elle était en train d'étaler les mains sur sa poitrine, de sentir le duvet doré de son torse sous ses paumes et de glisser ses mains vers la tablette de chocolat de ses abdominaux, quand il lui prit les poignets et la plaqua à nouveau contre le mur. Son autre main plongea plus bas, caressant son ventre, s'attardant doucement sur la nouvelle rondeur qui s'y trouvait, puis il descendit plus bas, la caressant entre les cuisses.

Elle gémit contre ses lèvres, et il l'embrassa plus fort, encouragé par sa voix.

Il caressa l'intérieur de ses plis, ses doigts froids glissant en elle, plus humides à chaque fois sur son clitoris, jusqu'à ce que son corps commence à se tendre. À l'intérieur de ses oreilles, elle pouvait entendre sa propre respiration s'accélérer, passant d'un langoureux soupir de plaisir à un souffle rauque plein de désir et d'envie.

Il enleva son pantalon et se poussa entre ses jambes, se frottant davantage entre ses cuisses humides. Rae voulut saisir ses épaules, pour s'accrocher à lui, mais il lui tenait toujours les mains au-dessus de la tête alors qu'il glissait sur sa peau humide, la poussant plus haut à chaque frottement. Son souffle était chaud sur ses lèvres, et sa langue caressait la sienne dans sa bouche.

— Oh, oui s'il te plaît, gémit-elle, ses mains se tordant au-dessus de sa tête. Elle essayait de ne pas gémir parce que les agents de sécurité étaient sûrement encore de l'autre côté du mur.

Il lâcha ses mains et souleva une de ses jambes, enroulant sa cuisse autour de sa taille étroite. Rae l'attrapa fermement par le cou avec ses deux bras. Il l'embrassa à nouveau, emmêlant une main dans ses cheveux, les tirant presque, il trouva le bon endroit et se poussa lentement en elle.

Il la remplit, l'étira et, bien qu'il la pénètre facilement, elle rejeta la tête en arrière puis se mordit les lèvres. Wulf se pencha et mordilla son cou, il tendit la main et saisit son autre cuisse.

Alors qu'il la pénétrait jusqu'à la garde en se pressant contre son clitoris, il souleva l'autre jambe de Rae et la gravité l'entraîna vers le bas, le poussant plus profondément en elle.

Elle était prise au piège entre son corps et le mur, et son sexe se contractait déjà autour de lui alors qu'elle bloquait ses jambes derrière son dos. Il donna des coups de boutoir en la retenant sous les cuisses et contre le mur, fit des vas et vient en cognant contre son clitoris, et chaque poussée l'amenait plus près de l'orgasme. Sa tête était tellement renversée en arrière que le sommet de son crâne frottait presque contre le mur de plâtre lisse, et elle retenait son souffre rauque dans sa gorge pour s'empêcher de crier.

Elle haleta, "Oui, oh oui", près de son oreille, ses

cheveux courts frôlant sa joue alors qu'il s'activait en elle, plus profondément à chaque fois.

Il renforça son rythme, devint insistant, cognant son clitoris et se frottant profondément en elle. Il grogna près de sa joue, et le corps de Rae se tendit, se contracta de plus en plus fort jusqu'à ce qu'elle ne puisse plus respirer. Un autre de ses coups de reins lui fit échapper un hoquet et déclencha l'orgasme qui la transperça et lui monta le long de la colonne vertébrale, l'aveuglant alors que le monde devenait blanc comme le soleil éblouissant dehors.

Rae entendit d'abord ses propres halètements, puis les soupirs rauques de Wulf près de son oreille, haletants et râpeux dans sa gorge. Il resserra les bras autour d'elle au moment où ses jambes lâchaient et qu'elle manquait de tomber.

Son souffle effleura son épaule tandis qu'il murmurait :

— Je ne regarderai plus jamais une autre femme. Je ne te trahirai jamais.

Il s'éloigna pour se retirer, et Rae s'agrippa à son cou.

— J'ai confiance en toi.

Il passa les bras sous ses genoux et la souleva pour la porter jusqu'au lit. Sa poitrine chaude était si solide sous sa joue. Elle frotta le visage sur son épaule et respira profondément sa peau. Rien que cela la réconfortait.

Il la stabilisa sur ses pieds, en gardant un bras autour de sa taille, tout en repoussant les couvertures de lit pour qu'ils puissent s'y glisser. La fatigue l'envahit et elle se laissa glisser dans la douceur du lit. Wulf l'entoura de ses bras et elle se coucha sur le côté, le front contre son épaule, luttant toujours pour respirer.

Il lui lissa les cheveux en arrière, caressa ses joues et ses lèvres chaudes se pressèrent contre son front.

Rae se sentit dériver, respirant l'odeur humide du sexe et le musc épicé du corps de Wulf.

Il s'installa à côté d'elle, ajustant ses larges épaules sur le lit.

Wulf ne s'endormit pas, pas seulement à cause du sexe. Il avait dormi pendant près de cinq heures la nuit précédente dans la chambre à coucher de l'avion, fatigué par un entraînement intense et une nuit blanche la veille en raison d'une crise financière qu'il avait dû éviter quelque part en Europe de l'Est, de sorte qu'il ne dormirait peut-être pas plus d'une heure ou deux cette nuit-là.

Rae ouvrit un peu les yeux et la lumière du soleil l'éblouit. Elle referma donc les paupières, mais avant elle avait vu Wulf regarder par les immenses fenêtres la glace immaculée et la poudreuse fraîche que la brise soulevait. La lumière oblique brillait dans ses yeux et les rendait d'un bleu éclatant comme un néon clair.

Elle lui dit :

— Vas-y !

— Vas-y où ? demanda-t-il, en baissant les yeux vers sa tête sur l'oreiller en duvet. Elle pouvait le voir à travers la frange de ses cils.

— Va skier !

— Non. Ce sont des vacances « *après-ski* » - son accent français sur *après-ski* était parfait, bien sûr- où nous ferons toutes les choses que l'on fait après le ski, comme se prélasser dans le chalet et boire du chocolat chaud en regardant la neige tomber. Je n'ai pas l'intention de skier.

— Parce que je ne peux pas en faire ?

— Parce que tu ne devrais pas en faire.

— Parce que je suis en cloque ?

— Et je ne prendrais jamais un tel risque, ni avec toi ni avec le petit étranger qui est là-dedans. Sa main lui caressa le ventre sous les couvertures.

— Va skier. J'ai besoin de me rendormir.

— Je t'ai trop fatiguée.

— Non. J'ai juste été occupée à faire pousser un poumon aujourd'hui. C'est épuisant. Va skier et laisse-moi me rendormir.

— Je n'avais pas vraiment prévu de skier.

— Tu as apporté tes skis et tout ton matériel. Il y avait au moins vingt sacs à skis.

— Les agents de sécurité skient tous, donc nous avons dû apporter leurs matériels, et il m'aurait semblé étrange de voyager jusqu'à un chalet en Argentine sans apporter mon équipement.

Et Wulf n'invitait jamais à poser des questions sur lui.

— Je te jette de mon lit. Sois de retour à temps pour le souper à vingt heures.

— Rae, je ne veux pas te laisser.

— Je dois être bien reposée pour le mariage à l'église la semaine prochaine. Le sommeil est mon médicament. Va-t'en.

— Je vais rester dans le salon. J'ai des affaires à régler.

— Ne marchez pas sur la queue d'une jument enceinte, sauf si vous voulez recevoir un coup de sabot dans la tête.

Cela aurait pu être un proverbe du far Ouest, même si elle venait de l'inventer de toutes pièces.

— Ça fait peur ! Un sourire allégeait la voix de Wulf.

— Oh, oui ! Va skier.

— Si tu insistes, ma princesse. Elle sentit ses lèvres sur sa tempe avant que le lit ne rebondisse et il s'éloigna pour prendre une douche.

Elle s'étira dans le lit douillet, somnolente et partant à la dérive, alors même qu'elle réalisait qu'une fois de plus, Wulf lui avait dit exactement ce qu'elle devait entendre et qu'il ne lui avait toujours pas dit pourquoi il avait fixé Marie-Thérèse Grimaldi avec tant d'attention.

Rae leva la main, avec l'intention de le rappeler et de reprendre cette conversation que Wulf avait si bien menée et déviée de façon impressionnante, mais elle avait fabriqué un mini poumon toute la journée de la veille et elle dormait déjà.

CHAPITRE TROIS

Wulf

*U*ne heure plus tard, Wulf et un petit contingent de ses agents de sécurité descendaient de l'hélicoptère qui les avait conduits au sommet d'une montagne enneigée. L'air froid véhiculait des odeurs d'acier et de pierres gelées. Luca Wyss se tenait à côté de lui, tenant ses skis sur l'épaule, tout comme Friedhelm et Hans alors que le vent glacial fouettait leurs vêtements. Hans restait généralement chez Wulf pour assurer la sécurité pendant leur absence, mais Wulf avait insisté pour que Hans l'accompagne lors de ce voyage. Hans pourrait se retrouver cloué à la maison la semaine suivante, lorsque le plus grand contingent des hommes de Wulf décamperait en Suisse pour le mariage religieux.

Dieter aurait pu mettre Wulf à l'épreuve sur cette pente. L'agence de sécurité personnelle de Dieter n'en était qu'à ses débuts, mais Wulf l'avait engagé pour assurer une protection supplémentaire pour son mariage religieux la semaine suivante. Il serait particulièrement rassurant d'avoir un homme capable de riposter à ses côtés pendant le mariage.

La neige scintillante s'étendait comme une page blanche bien en dessous d'eux, tout le long des hauts plateaux jusqu'à une petite vallée où les bases de plusieurs collines se rejoignaient. Plus bas, les skieurs glissaient sur les pentes, des ombres sombres sur le blanc éclatant, attendant que l'hélicoptère ou la télécabine les ramène à l'hôtel.

Derrière Wulf, l'hélicoptère les aspergeait de poudre fine, poivrant le dos de sa veste de grains gelés alors qu'il enfonçait les pieds dans ses fixations. L'air des pales battait contre ses oreilles comme le grondement apaisant des vagues de l'océan.

Friedhelm enfonça ses bâtons dans la neige et se lança dans une course agressive vers le bas de la montagne, avec l'intention de battre Wulf et les autres en arrivant premier en bas afin de sécuriser la zone.

Wulf aspira l'air glacé qui rafraichit sa gorge, et ajusta ses lunettes avant de s'élancer sur la piste noire. Il skiait vite, freinant et tournant juste avant les rochers et les dénivelés qui accidentaient la neige lisse. La descente rapide lui vida la tête et il se concentra sur la poudreuse et le glissement de ses skis sur la neige.

Pendant dix minutes bénies, Wulf fit la course avec ses hommes sans que des chiffres ou des images ne lui viennent à l'esprit, et ils arrivèrent en bas, hilares, et les joues rouges.

Ils skièrent jusqu'à l'héliport pour attendre leur prochain vol vers un autre sommet, et Wulf entendit une femme crier son nom à travers l'immensité de neige scintillante.

Alors qu'il reconnaissait sa voix, de rapides souvenirs lui vinrent à l'esprit : les cils sombres de Joséphine qui balayaient ses yeux vert pâle alors qu'elle lui faisait la révérence la première fois qu'ils s'étaient rencontrés, alors qu'il avait neuf ans et elle huit. Elle était arrivée au Rosey assez tard parce que sa mère l'avait gardée à la maison quelques années de plus. Wulf avait dansé trente-sept fois avec Joséphine aux bals du collège, et pendant tout ce temps, elle n'avait presque jamais réussi à lever ses yeux timides vers les siens. Ils s'étaient fréquentés brièvement au lycée. Elle était une grande-duchesse et le père de Wulf l'avait approuvée comme épouse potentielle, sauf que Wulf était beaucoup trop jeune, un des rares points sur lesquels lui et son père ne s'étaient jamais mis d'accord.

Wulf avait été son premier, un fait qu'aucun des deux n'avait divulgué à qui que ce soit, à sa connaissance.

Et maintenant, elle était sur une piste de ski en Argentine et l'appelait, juste après qu'il ait vu Marie-Thérèse Grimaldi dans le hall du chalet quelques heures plus tôt.

Les chances que ce soit une coïncidence étaient infimes. Il les avait calculées.

Il se retourna en manœuvrant habilement ses skis, et reconnut sa forme élancée en train de skier vers lui. Elle portait du bleu pâle, une couleur qui, elle le savait, faisait virer ses yeux au vert profond. Elle avait souvent porté des robes de cette couleur lorsqu'ils étaient sortis ensemble.

— *Salut !* dit-elle d'un ton vif et elle souleva ses lunettes de ski sur sa tête, laissant de légères empreintes rouges sur ses joues. La combi de ski bleu pâle mettait en effet ses yeux en valeur.

— Bonjour, Joséphine. Wulf entendit son détachement de sécurité freiner sur la neige, se déplacer pour l'entourer et surveiller la zone. Il lui dit :

— Je n'aurais jamais imaginé te rencontrer ici.

— Oui ! Incroyable ! Comment vas-tu ?

Wulf se ressaisit.

— Très bien. Je me suis marié.

Le choc traversa ses traits fins.

— Je… je croyais que vous étiez seulement fiancés.

Ce fut une réaction fascinante, et Wulf se pencha pour l'observer de plus près.

— Nous nous sommes mariés à Paris il y a quelques mois, le lendemain du mariage de Flicka.

— Ah… Joséphine jeta un coup d'œil sur la piste de ski qu'elle avait descendue, retraçant mentalement son parcours. Je suis désolée de ne pas avoir vu l'invitation.

— C'était seulement la cérémonie civile. Le mariage religieux est la semaine prochaine. Tu as sûrement reçu cette invitation-là.

— Oui, mais... Elle se mordit la lèvre inférieure, regardant toujours ailleurs. Elle battit des paupières et sa voix s'éleva à son registre de soprano. Je m'étais laissé dire que vous n'étiez pas encore légalement mariés et que tu allais annuler avant la cérémonie.

Oui, c'était bien là le nœud du problème.

— Qui t'a fait croire cela, Joséphine ?

Elle le regarda enfin dans les yeux. De la neige s'était déposée sur ses cils noirs.

— Ton père m'a appelée et m'a raconté tout ça.

Il m'a dit que tu serais ici, seul, pour réfléchir et que ce serait une excellente occasion de renouer avec toi.

Une mine d'informations en simplement deux phrases.

— Sais-tu que Marie-Thérèse Grimaldi est ici aussi ?

— Marie-Thérèse ? Est-ce qu'elle et toi vous n'étiez pas…

Un éclair d'horreur traversa à nouveau ses yeux verts.

L'hélicoptère s'approcha de l'héliport de fortune, un œil de taureau rouge vif peint sur la neige, et le vent violent et glacé traversa l'équipement d'hiver de Wulf. La neige vola tout autour d'eux.

Il en profita pour détourner le regard plutôt que de lui répondre.

— As-tu vu quelqu'un d'autre de l'école ou des endroits habituels, ici ?

Joséphine se couvrit la bouche.

— Oh, mon Dieu, Wulfram. Je suis vraiment désolée. Ça ne m'est pas venu à l'esprit. Ta femme est *ici* ?

— Elle est au chalet, elle se repose. Je prévois de la rejoindre pour le dîner un peu plus tard. Veux-tu nous accompagner ?

C'était d'une politesse extrême de la part de Wulf, mais ils avaient été très proches à un moment donné.

— Oh, non. Je ne crois pas, dit Joséphine, en tripotant nerveusement ses bâtons de ski.

— Ravi de t'avoir vue, Joséphine. J'espère qu'on restera en contact.

Elle hocha la tête, mais elle ne le regarda pas.

Wulf lui toucha le coude.

— Si quelqu'un te pose des questions sur cet incident, renvoie-le vers moi. Je garantirai que tu as été trompée de manière assez experte.

Elle fit un signe de tête et remit ses lunettes de soleil.

—Je suis vraiment désolée, Wulfram.

Wulf la quitta et fit signe à ses hommes, et ils montèrent à bord de l'hélicoptère pour leur descente suivante.

Cela devrait prévenir d'autres malentendus regrettables. Joséphine irait trouver Marie-Thérèse et l'avertirait avant qu'elle ne fasse quelque chose de stupide.

Wulf respira profondément lorsque le nez de l'hélicoptère se souleva, le faisant basculer sur son siège, et Hans le regarda de côté. Avec un peu de chance, Rae n'apprendrait jamais ce ridicule incident. Elle ne devait pas être bouleversée, ni en ce moment délicat ni par quelque chose d'aussi insignifiant.

Cependant, il fallait empêcher toute autre tentative de ce genre de la part de son père. Ce vieil homme élitiste et plein de préjugés avait déjà tenté de perturber le mariage de Flicka, et Wulf lui ferait comprendre qu'il ne supporterait aucune interférence de sa part.

CHAPITRE QUATRE

Rae

*R*ae était étendue sur le canapé de leur suite et lisait un petit roman d'amour sur son téléphone parce que le semestre universitaire était terminé et que c'était les vacances d'été.

En quelque sorte.

Les rideaux qui recouvraient les fenêtres à triple vitrage coupaient la majorité de l'éblouissement de la neige, et le soleil de l'après-midi avait dérivé sur le haut du chalet. Lorsque le soleil se coucherait cette nuit-là, ces collines d'albâtre scintillantes prendraient une teinte rouge orangé comme si la glace avait pris feu.

Trois des agents de sécurité de Wulf - Matthias, Julien et Romain, chacun plus suisse que le précédent - étaient sur les canapés, attentifs à la moindre menace et se renseignaient parfois par SMS auprès des agents de sécurité de Wulf qui étaient avec lui dans la montagne.

Wulf n'aurait pas dû la laisser seule avec trois exemplaires aussi stupéfiants de virilité alpine. Elle ne le tromperait jamais, même pas en rêve, mais les hormones de la grossesse bouillaient dans son sang et les détails de l'anatomie de ces hommes - la façon dont leurs biceps et leurs pectoraux tendaient leurs vestes de costume, la façon dont ils s'étiraient et faisaient ressortir leurs abdominaux ondulés sous leurs chemises – lui sautaient aux yeux quand elle les regardait de côté. Leurs images s'empilaient dans son esprit et ne cessaient de la distraire de son livre.

Bon sang, Wulf avait intérêt à revenir vite. Ces hormones la rendaient irritable.

Elle mangeait des fruits et des pâtisseries qu'elle picorait sur le chariot du service d'étage, en essayant de se distraire, quand un coup sec frappa la porte. Elle jeta un coup d'œil à Matthias et faillit se lever, mais il avait déjà traversé la pièce pour répondre. Julien et Romain se levèrent aussi et écartèrent leurs vestes de costume, se préparant au cas où ils auraient besoin de prendre leurs armes.

Même si Rae avait grandi près de la frontière mexicaine, où sévit la criminalité, le nombre d'hommes armés en état d'alerte était toujours déconcertant.

— *Excusez-moi,* dit une voix de femme à l'extérieur de la porte. Madame von Hannover est-elle là ?

Leur mariage civil n'avait eu lieu que quelques mois auparavant, d'une façon soudaine qui avait surpris tout le monde, y compris Rae, au point qu'elle n'était toujours pas habituée à être Mrs von Hannover, ou Madame von Hannover, ou Frau von Hannover, ou tout autre nom du genre "Madame". Elle s'écria en se dirigeant vers la porte :

— Ouais ! Je suis là !

Matthias se recula pour la laisser passer, mais la tension dans son corps ne diminua pas.

Juste devant la porte de la suite se tenaient trois jeunes femmes, les mains croisées, et les yeux baissés. Elles portaient toutes les trois des fuseaux et des pulls très fins, comme c'est le cas pour l'après-ski, et leur expression réservée les faisait paraître intouchables.

Rae agita la main.

« Salut, les filles ! »

La jeune femme au milieu secoua ses boucles noires, mais ses yeux noirs ne scintillaient plus de gaieté. En effet, son regard rapide sur Rae et ses épaules basses laissaient penser que Marie-Thérèse Grimaldi était tout à fait mal à l'aise dans les circonstances actuelles. Le langage familier de Rae n'y était pas pour rien non plus.

Une des deux autres femmes lui était également familière, et lorsqu'elle leva les yeux, Rae reconnut ses yeux vert pâle et ses cils foncés. Elle commença à faire une révérence, mais Marie-Thérèse rattrapa son bras avant qu'elle ne puisse plonger très loin.

Marie-Thérèse dit :

— Madame von Hannover, pouvons-nous entrer ?

— Euh ? Bien sûr.

Rae ouvrit davantage la porte et regarda les gars de la sécurité du coin de l'œil. Ils semblaient normalement sur leurs gardes, pas de cette façon extrême et bizarre qu'ils ne montraient soi-disant pas, mais Rae avait déjà fait un court stage de psychologie et pouvait voir quand leur adrénaline montait en flèche.

Matthias regarda les trois jeunes femmes passer

la porte avec un calme intérêt plutôt qu'une réaction à une menace réelle.

Rae les conduisit vers le coin salon, où son assiette pleine de miettes de beignets et de grappes de raisin à moitié mangées laissait supposer qu'elle venait de grignoter et elles s'installèrent sur le canapé du fond, telles des colombes sur un buisson de roses, près des fenêtres. Rae brossa nonchalamment un peu de sucre de beignet sur sa lèvre inférieure.

Elles se regardèrent toutes, et Marie-Thérèse fut évidemment désignée pour reprendre la parole.

— Madame von Hannover, nous ne sommes pas sûres que vous vous souveniez de nous au mariage de Flicka.

— Appelez-moi Rae, et je me souviens que vous étiez les demoiselles d'honneur de Flicka. Vous, elle tendit la main vers la jeune femme blonde à droite, je ne suis pas sûre de vous avoir déjà rencontrée, en revanche.

— Oui, vous avez raison, bien sûr, et nous sommes désolées de vous déranger. Je suis Marie-Thérèse Grimaldi.

Donc Rae avait raison sur ce point.

Marie-Thérèse fit un geste vers la femme aux yeux verts :

« Voici Joséphine Alexandrovna et vers la blonde : et voici Kira Augusta Prinzessin von Prussia. »

Rae savait ce que tout cela signifiait. *Trompe-moi une fois, honte à toi. Trompe-moi deux fois, honte à moi.*

— Ravi de vous revoir, Joséphine. Un plaisir de vous rencontrer, Rae inspira pour gagner du temps, Votre Altesse.

La femme blonde agita une main mince et pâle comme pour évacuer de la fumée.

— C'est un titre déposé. Ce n'est pratiquement qu'un nom. Appelez-moi Kira, s'il vous plaît.

Oui, *pratiquement* juste un nom, mais pas *vraiment* juste un nom.

— Ravi de vous rencontrer, Kira, se corrigea Rae. Alors, mesdames, à quoi dois-je ce plaisir ?

Les trois femmes baissèrent la tête à l'unisson, comme si elles avaient été prises la main dans le sac.

Oh, ça promettait d'être drôle !

Marie-Thérèse dit :

— Nous voudrions nous excuser. Nous avons été induites en erreur, et nous - pas toutes ensemble, mais chacune de nous séparément - avons fait quelque chose d'assez répréhensible.

Le fait que rien de particulièrement répréhensible ne semble s'être produit rassuraRae. Quelque chose avait dû se retourner contre elles pour qu'elles se présentent en demandant un pardon préventif comme ça.

— Seigneur Jésus. De quoi s'agit-il ?

Toutes les trois se ratatinèrent davantage. Joséphine rétrécit le plus et la princesse Kira le moins. En effet, Kira n'avait pas l'air particulièrement ratatinée du tout.

Marie-Thérèse dit :

— Nous ne voulons pas minimiser nos propres rôles. Nous avons pris la décision de venir ici toutes seules.

— Je me posais des questions sur vous quand je vous ai vue dans le hall, dit Rae à Marie-Thérèse.

— Oui, voilà. Marie-Thérèse s'éclaircit la gorge. On nous a fait croire que Wulfram et vous ne vous marieriez pas la semaine prochaine, qu'il annulerait les fiançailles et qu'il chercherait bientôt une nouvelle relation amoureuse.

Le choc gifla Rae comme une vague d'eau chaude, et elle passa en revue les dernières semaines avec Wulf.

Il avait téléphoné deux fois par jour à sa sœur pour vérifier l'organisation du mariage, car Rae était occupée à survivre aux examens finaux et à fabriquer des poumons et des reins, et son attention sur les détails ne ressemblait pas à celle qu'aurait eue quelqu'un sur le point de se défiler.

La semaine précédente, il était venu avec Rae à un rendez-vous chez le gynécologue où ils avaient entendu le cœur du bébé battre à l'échographie et où il avait souri et hoché la tête en signe d'approbation jusqu'à ce qu'ils retournent aux 4x4, puis il l'avait tenue dans ses bras tout le long du chemin du retour, en lui murmurant des choses adorables, jusqu'à ce qu'ils soient seuls dans leur chambre, où il lui fasse l'amour très gentiment et qu'il essuie une larme.

Mais bien sûr, ce matin-là, il l'avait convaincue qu'il n'avait pas regardé Marie-Thérèse.

Wulf n'était pas un homme normal. Il pouvait voir au plus profond des gens et leur montrer ce qu'ils avaient le plus besoin de voir, et sa coquille brillante ne laissait échapper aucune émotion qu'il ne désirait pas montrer.

Rae prit une profonde inspiration. Si elle croyait en quelque chose, c'était bien que Wulf l'aimait.

— Ce n'était pas des fiançailles, dit Rae en levant la main gauche. La pierre centrale de sa bague sertie, un grenat bleu, scintillait au soleil, et les diamants qui l'entouraient jetaient des étincelles prismatiques sur les murs. Sous la bague de fiançailles, un simple anneau de platine entourait son doigt. Nous sommes mariés depuis des mois.

Les trois femmes se ratatinèrent davantage. Kira toujours pas autant que les deux autres. Elle avait peut-être moins de raisons d'être désolée.

Marie-Thérèse dit :

— On ne le savait pas. En fait, on nous a dit tout le contraire.

Rae se considérait comme une femme gentille, une femme correcte, agréable et indulgente, et les gens du Far West sont des gens bien en général, mais elle ressentit le besoin d'enfoncer un peu le clou. Après tout, ces trois femmes avaient essayé de lui voler son mari.

Rae leva un sourcil et les regarda droit dans les yeux.

« Et je suis enceinte. »

Marie-Thérèse et Joséphine tournèrent la tête comme si elle les avait giflées.

Kira jeta un regard vers le haut et sur le côté.

Joséphine dit à Marie-Thérèse :

— Je t'avais bien dit que nous ne devions pas venir ici et l'ennuyer. Je t'avais bien dit que nous ne devions plus jamais en parler et que ça passerait.

Marie-Thérèse dit à Joséphine :

— Il fallait qu'on s'excuse. Elle aurait fini par le savoir de toute façon, et les gens l'auraient su. Ils en auraient parlé.

Joséphine se tourna vers Rae.

— Nous sommes vraiment, vraiment désolées. C'est un malentendu. J'ai été la seule à parler à Wulfram, et pratiquement les premiers mots qui sont sortis de sa bouche ont été que vous étiez déjà mariés et qu'il n'allait certainement pas annuler le mariage religieux. Nous sommes vraiment désolées. Nous ne savions pas que vous étiez enceinte. Nous ne voulions pas vous contrarier.

— Je ne suis pas contrariée, dit Rae, en mentant un peu. Mais je veux savoir qui vous a poussé à faire ça.

Kira prit une voix traînante :

— Je ne pense pas qu'on devrait le dire.

Joséphine se lança :

— Phillipp von Hannover, le père de Wulfram.

Rae roula des yeux.

— Ah d'accord ! C'est choquant.

Marie-Thérèse hocha la tête. Kira continuait à regarder le vase rempli de dizaines de roses blanches sur la table du salon.

Joséphine ajouta :

— Nous sommes extrêmement désolées, et nous ne recommencerons pas.

Même Kira hocha la tête cette fois-ci.

— Très bien, dit Rae, en lissant son pantalon dans un geste classique d'autopacification qui l'embarrassait par son côté cliché. Si vous êtes vraiment désolées, prouvez-le.

— Je vous demande pardon ? dit Marie-Thérése.

— Comment diable pourrions-nous faire ça ? ajouta Joséphine.

Kira leva juste un sourcil.

— Commençons par la raison pour laquelle il vous a choisies toutes les trois, dit Rae.

Kira souffla un peu.

— J'imagine sans doute parce que nous étions disponibles.

— Parce que je suis sortie avec Wulfram au lycée, dit Joséphine.

— Pareil, mais brièvement, et je suis surprise que Phillipp m'ait appelée parce que je suis catholique et parente de Pierre, le mari de Flicka, et vous savez ce que Phillipp pense de lui, dit Marie-Thérèse.

Rae hocha la tête.

— Et vous Kira ? Vous êtes sortie avec lui ?

— Pas vraiment, dit-elle, en évitant toujours de regarder Rae. Lors de certains événements officiels quand nous étions jeunes, comme mon entrée dans le monde à Paris, nos parents se sont arrangés pour que Wulfram m'accompagne. Il y a quelques siècles, cela aurait signifié quelque chose.

Ah, la Princesse Kira était l'une des rares femmes que le père de Wulf avait *approuvée.*

— Cela signifiait-il quelque chose pour vous ?

Kira haussa délicatement les épaules.

— Ça n'a plus d'importance maintenant, n'est-ce pas ?

Rae lutta pour se souvenir que Wulf *l'*avait choisie, *l'*avait épousée et s'était donné beaucoup de mal pour *la* rassurer.

Elle prit une autre grande inspiration.

— Si vous êtes vraiment désolées, si vous ne voulez vraiment pas recommencer, alors voilà ce que nous allons faire.

Pendant qu'elle leur expliquait, Kira et Marie-Thérèse s'agitèrent, se lançant des regards inquiets, mais Joséphine se mit à sourire malicieusement.

CHAPITRE CINQ

Rae

*R*ae s'appuya sur sa chaise alors que le soleil couchant se reflétait sur la neige et elle regarda les trois jeunes femmes, les princesses. Elles se tenaient toutes droites, sans toucher leurs dossiers avec leur colonne vertébrale, les poignets et les chevilles croisés.

Les quatre avaient rassemblé des chaises de salle à manger pour s'asseoir genoux contre genoux, et Joséphine tenait son téléphone portable dans sa paume au centre du groupe en regardant Rae avec ses immenses yeux vert pâle. Elle parlait à haute voix au téléphone en anglais, pour le bien de Rae.

— Allo ? Votre Altesse Sérénissime ?

Rae roula presque des yeux, mais son beau-père était du genre à insister sur son titre.

Moralisateur.

Non, c'était trop méchant. C'était le père de Wulf, après tout.

Une voix masculine qui ressemblait étrangement

à celle de Wulf, mais plus rauque, sortit du haut-parleur :

— *Ja* ? Grande-duchesse Joséphine ?

— Euh, oui, Monsieur. Je voulais vous dire que vous aviez raison. J'ai approché Wulfram sur la piste de ski ce matin, et il m'a dit qu'il rompait avec l'autre femme, qu'il avait déjà rompu en fait et que son cœur était libre.

— Splendide ! dit encore la voix de Wulf. Je savais bien qu'il se lasserait de la roturière.

Joséphine grimaça et se mordit la lèvre, mais Rae agita la main. Elle ne s'attendait pas à autre chose. En effet, elle s'attendait à ce qu'il la sous-estime.

— Et il a dit qu'il songeait à épouser quelqu'un de son propre rang très bientôt. Il m'a demandé de prendre un chocolat chaud avec lui pour en discuter.

— Bien, dit Phillipp. Je suis heureux qu'il ait retrouvé la raison. Les mariages devraient être faits pour des raisons logiques et dynastiques, pas pour des raisons personnelles.

— En effet, j'ai toujours pensé cela, Monsieur. Ses yeux verts riaient avec Rae, qui se mordait les lèvres pour s'empêcher de glousser.

Elle prenait beaucoup trop de plaisir à faire cela et aurait probablement honte d'elle-même quand elle en aurait fini.

Un jour.

Joséphine poursuivit :

— J'ai donc pris un chocolat avec lui, et il m'a demandé de l'épouser, et vite ! D'ici quelques semaines !

— Splendide ! Je suis heureux de vous accueillir dans notre famille en tant que jeune fille bien élevée de notre dynastie.

— Nous devons souper ensemble ce soir pour finaliser les détails.

— Parfait.

— Merci de m'avoir prévenue de sa situation.

— Tout le plaisir était pour moi, Joséphine.

Joséphine coupa la communication et demanda à Rae :

— Combien de temps devons-nous attendre ?

— Juste quelques minutes, dit Rae, en tendant la main vers le chariot du service d'étage pour prendre un autre beignet. Un chocolat chaud, ça me va. Devrions-nous appeler le service d'étage pour en avoir ?

— Oh oui, s'il vous plaît, dit Joséphine.

Elles prirent chacune une tasse du chocolat chaud crémeux fait maison, et Rae s'adossa en caressant en rond son ventre arrondi. Toutes les trois avaient probablement été au Rosey, l'internat suisse où Wulf avait développé un tel goût pour le chocolat chaud deux fois par jour. Elle sirotait sa tasse, le riche chocolat glissant sur sa langue. L'arôme profond lui rappelait les baisers volés dans son bureau à La Maison du Diable.

Rae s'éclaircit la gorge.

— Marie-Thérèse, à votre tour.

Marie-Thérèse rejeta ses boucles noires derrière son épaule alors qu'elle prenait son portable dans son sac et composait le numéro.

— Monsieur von Hannover ? C'est Marie-Thérèse Grimaldi. Je voulais vous faire savoir que j'ai parlé avec Wulfram.

— Oui ? demanda Phillipp. Son ton était positivement joyeux, ce qui aurait dû énerver Rae, car elle savait exactement pourquoi il était si foutrement amusé.

Rae sourit. Le second coup de poing de l'uppercut allait arriver.

— Il a dit qu'il avait rompu avec l'autre fille...

— Oui, oui. Il avait l'air impatient maintenant, mais Marie-Thérèse ne devait pas savoir qu'il avait déjà entendu cette histoire.

— ... parce qu'elle ne le comprenait pas, et il est très intéressé pour renouer avec moi.

— Ah bon ? Le père de Wulf n'avait plus rien d'amusé dans la voix et la confusion régnait.

— Oui, il a dit qu'il avait eu une révélation.

— Oui, à propos de la roturière, je sais. Son ton méprisant amusa Rae, car il aurait vraiment dû être plus attentif.

— Non, à propos de Dieu, dit Marie-Thérèse.

— Dieu ? La voix de Phillipp était devenue blanche.

Marie-Thérèse jeta un regard amusé à Rae.

— Oui, et il a dit que si j'étais assez ouverte d'esprit, nous pourrions discuter d'un sujet très important au souper de ce soir.

Joséphine porta sa main à sa bouche pour retenir son rire lorsque Marie-Thérèse dit "souper", et ses épaules fines se mirent à trembler.

— Souper ? Êtes-vous sûre qu'il a dit "souper" ? demanda Phillipp.

— Oh, oui. Il a dit qu'il avait réservé une table pour quatre dans une salle privée du restaurant.

— Pour *quatre* ?

— Oh, oui monsieur. Je dois vous quitter. Je vous appellerai ce soir pour vous dire comment ça s'est passé.

— *Attendez !* Vous êtes sûr qu'il a dit *quatre* ?

Marie-Thérèse lui raccrocha au nez.

Les gloussements que Rae avait retenus firent des bulles dans sa gorge, et elle explosa de rire. Rire était tellement mieux que crier et pleurer.

Avec un peu de chance, si la nouvelle se répandait, Rae n'aurait peut-être jamais à repousser une autre intruse. Wulf pensait que les intrigues sociales de la haute société étaient sournoises, mais ce n'était rien comparé aux machinations fomentées dans les petites villes coupées du monde et privées de culture et de divertissements.

Kira sourit à Rae, un petit sourire royal d'amusement réservé.

— Quand dois-je appeler ?

Rae regarda l'heure sur son téléphone. Wulf allait bientôt rentrer, et elle voulait que ces femmes soient parties avant son retour. Inutile de lui expliquer ce qui s'est passé. Wulf avait assez à gérer comme ça d'un point de vue émotionnel, et Rae n'avait pas besoin de lui pour mener ses batailles à sa place, pas alors qu'elle avait une armée de princesses pour le faire.

— Donnons-lui une minute.

Le téléphone de Marie-Thérèse sonna et un numéro allemand s'afficha, elle laissa le message aller sur sa boîte vocale pendant que toutes les quatre gloussaient à propos de ce qui devait se passer à l'intérieur du château de Marienburg. Rae espérait seulement que le personnel du château n'en ferait pas les frais.

Rae cliqua sur son téléphone à la minute suivante, et son sourire de prédateur s'élargit.

— Kira, à votre tour.

Une lumière maléfique brilla dans les yeux bleus de Kira.

Une énergie joyeuse remplit Rae, lui faisant croire qu'elle avait pris part à la rébellion de Kira, ne serait-ce qu'un peu.

— Herr von Hannover ? dit Kira dans le micro, c'est moi, Kira Augusta. J'ai de bonnes nouvelles pour vous.

CHAPITRE SIX

Wulf

*W*ulf sortit de l'ascenseur et traversa le couloir, flanqué de ses hommes. Hans ouvrit la porte de la suite et le précéda.

À l'intérieur, une scène de certains de ses cauchemars les plus vifs prit forme.

Non, pas ces cauchemars-là, pas le matin sanglant où Constantin était mort, ni les fois où une balle avait retenti près de sa tête, ni de celle de Rae, ni de celle de sa jeune sœur Flicka.

D'autres cauchemars hantaient également Wulf, et certainement, sa belle Rae entourée de deux de ses ex-copines et la femme que son père avait tenté de lui faire épouser figuraient parmi les pires d'entre eux.

Les trois femmes l'entouraient.

N'ayant pas réussi à la dissuader, elles lui remplissaient peut-être les oreilles de mensonges ?

Une humidité froide s'accumula sous son costume. Si Rae le regardait avec une once de peine dans ses grands yeux bruns, il s'envolerait pour l'Allemagne et dépècerait son père à mains nues.

Kira, une princesse prussienne, tenait un téléphone portable à plat, comme si elles écoutaient toutes le haut-parleur. Elles avaient rassemblé des chaises pour s'asseoir en cercle et la princesse disait au téléphone :

— Oui, je suis aussi choquée que vous, mais c'est ce que vous et mes parents aviez prévu. Je suis juste inquiète pour le voile de mariée.

Les trois autres femmes – La vicomtesse Marie-Thérèse Grimaldi, la Grande Duchesse Joséphine Alexandrovna et sa propre femme – avaient la main sur la bouche et réprimaient des rires, tandis que leurs yeux se plissaient joyeusement et menaçaient de briser la concentration de Kira.

Le soulagement s'empara de Wulf en voyant Rae pouffer. Il inspira profondément.

Rae et les deux autres femmes silencieuses respirèrent fort par le nez pour ne pas rire à gorge déployée. Elles étaient tellement concentrées sur le téléphone qu'elles ne remarquèrent pas Wulf qui avançait vers elles.

Il se pencha vers leur cercle - le léger parfum floral de leurs parfums de rose et de jasmin s'éleva comme une brume autour d'elles.

— Ça ne me dit rien qui vaille.

Kira leva les yeux en premier. Ses yeux bleu pâle rencontrèrent les siens. Elle dit :

— Je dois y aller, Monsieur. Je vous rappelle bientôt.

Son doigt se posa juste sur l'écran du téléphone alors que Wulf entendait la voix de son père crier dans le haut-parleur :

— ça n'est pas possible ! Sûrement pas !

Oh, Dieu du Ciel. Wulf arracha le téléphone de la main de Kira avant qu'elle ne puisse raccrocher.

— Père, que t'ont-elles dit ?

— Wulfram ! La voix de son père, qui commençait à se briser, sortit du téléphone.

Wulf se redressa et tint le téléphone près de sa bouche.

« Qu'est-ce qu'elles t'ont dit ? »

— Trois femmes différentes m'ont appelé et m'ont dit que tu avais largué la roturière, mais que tu t'étais converti à l'Islam et que tu leur avais proposé à toutes de vivre comme tes multiples épouses ! Et elles ont *toutes* accepté ! Bon Dieu, Wulfram !

Les quatre jeunes femmes avaient maintenant les mains plaquées sur la bouche, mais leurs gloussements s'échappaient. Elles prenaient beaucoup trop de plaisir à la souffrance de son père, surtout sa propre femme dont le ricanement joyeux menaçait de se transformer en un rire démoniaque bouche grande ouverte.

Wulf était conscient que son père était attaqué sur ses préjugés du fait qu'il ait pu se convertir et que Rae avait retourné contre lui la position délicate dans laquelle il l'avait mise, pour sa plus grande mortification.

C'était génial.

Il n'aurait pas dû s'attendre à moins de sa part.

— C'est toi qui as manigancé tout ça ? demanda-t-il à Rae.

Elle hocha la tête, tout en pouffant irrépressiblement.

« Rappelle-moi de ne jamais te contrarier. »

Au téléphone, son père le supplia :

— Ce n'est pas vrai, n'est-ce pas ? Tu ne t'es pas converti à l'Islam et tu ne prends pas trois femmes comme épouses !

Wulf hésita.

Chaque instant qu'il passait à ne pas le nier écorchait vif son père, mais l'homme l'avait bien cherché.

Il retarda un peu plus sa réponse, surtout pour admirer le complot diabolique de Rae. Elle avait donné à son père tout ce qu'il voulait, en effet, elle lui avait renvoyé les trois femmes qu'il avait envoyées pour perturber leur mariage.

Wulf tenait le téléphone loin de lui pour que son père n'entende pas et dit à Rae :

— Je n'arrive pas à décider si tu aurais fait un meilleur Machiavel ou une Borgia.

— Borgia, dit Rae à travers ses doigts, ses yeux marron et chauds pleins de rires. Une Borgia, c'est sûr !

— Alors me voici averti.

Des cris angoissés sortaient encore du téléphone de Kira dans sa main.

Son père avait été assez tourmenté comme ça en guise de vengeance.

Il porta le téléphone à sa bouche.

Son père cria à travers le téléphone :

— Wulfram, je t'interdis de faire ça ! Tu vas quitter ces femmes immédiatement et rentrer en Allemagne tout de suite !

Si Wulf avait été encore adolescent, cela aurait provoqué sa rébellion, même s'il avait été légalement émancipé à quinze ans.

Wulf soupira, retardant encore sa réponse.

Son père s'exclamait :

— *L'islam* ! Quelle honte ! Tu fais honte à notre nom et à notre Dynastie ! Je te retirerai tes titres !

C'était une position d'élu, pas quelque chose que son père lui avait accordé. Wulf se demandait combien de temps il allait attendre avant de mettre fin aux souffrances de celui-ci.

Son père criait toujours :

« Tu as toujours été impétueux, impulsif et désobéissant ! »

Pourtant, quand il dit ces choses-là, Wulf eut besoin de respirer et de poser les yeux sur les collines enneigées à l'extérieur pendant quelques instants encore afin de retrouver son calme, ou évaluer ses options, ou au moins décider de sa stratégie.

« Wulfram ! J'exige une réponse ! »

Les jeunes femmes se tortillaient encore de rire.

Il ne devrait pas laisser cela durer plus longtemps.

— Père, je ne me suis pas converti à l'Islam et je n'ai pas l'intention de le faire. Vous avez fait le jeu d'une intrigue digne de la cour Élisabéthaine. Vous devriez avoir honte d'avoir été piégé si facilement.

Des crachotements émanèrent du téléphone.

Les jeunes femmes ôtèrent leurs mains de leur bouche et leurs rires résonnèrent dans la petite suite, faisant écho sur les lustres de cristal et les fenêtres givrées.

Wulf entra dans la chambre, emportant le téléphone de Kira, et il ferma doucement la porte derrière lui.

Il passa à l'allemand pour se faire parfaitement comprendre.

« Plus important encore, si l'on savait que vous avez impliqué ces jeunes femmes dans vos machinations, elles seraient perdues. Personne ne leur ferait plus jamais confiance, pas après s'être laissé utiliser dans un tel stratagème. »

La virginité et la chasteté n'étaient plus exigées des princesses depuis des générations, mais la naïveté et la tentative de voler le mari d'une autre personne n'étaient tout simplement pas tolérées.

Son père cria :

— Pour l'amour de Dieu, Wulfram ! Tu ne t'es pas converti à l'Islam n'est-ce pas ?

Wulf hésita à nouveau, pleinement conscient que chaque seconde d'agonie qu'il infligeait était due aux préjugés inadmissibles de son père.

— Non. Je vous l'ai dit, je ne l'ai pas fait.

— *Dieu merci.*

Wulf se demandait si son père était conscient de l'ironie de la situation.

— Vous ne devez parler de cette stupide tentative à personne. Ces jeunes femmes méritaient mieux de votre part. Si vous en parlez à quiconque, vous aurez l'air d'un idiot pour avoir été si habilement manipulé par elles.

— Tu n'as donc pas largué la roturière ?

— Certainement pas, et vous savez très bien que je l'ai déjà épousée. Je vous en ai informé le matin avant la cérémonie.

Son père continua :

— Pourquoi as-tu épousé une telle femme ? Elle est indigne de nous.

Le ton acerbe de Wulf traversa l'air.

— Je n'ai jamais été aussi insulté, à la fois en son nom et par le fait que vous puissiez croire que le simple fait de m'envoyer ces femmes me dissuaderait de l'épouser.

— Nous n'avons rien en commun avec elle.

Wulf frotta ses yeux, endoloris par le scintillement de la neige. Il ne devait rien dire à son père, car cela ne changerait rien, mais il ne pouvait pas s'en empêcher.

— Je peux lui parler à elle, au moins. Je peux lui dire n'importe quoi et elle me comprend. Elle est gentille, et son cœur va changer le monde. Et elle peut se montrer plus maligne que vous et que tous ceux que nous connaissons.

Il ricana :

— Ce n'est qu'une roturière.

La colère secoua Wulf.

— Vous avez anéanti toutes les femmes que vous avez eues dans votre vie, et j'en connais des dizaines. Vous êtes négligent et cruel avec elles. Je remercie Dieu tous les jours de vous avoir pris Flicka avant que vous ne puissiez la blesser à vie elle aussi.

Il entendit un déclic derrière lui, et il pivota. Reagan se tenait sur le seuil de la porte de la chambre, les yeux écarquillés, l'air bouleversé. Elle lui demanda :

— ça va ?

Wulf passa à l'anglais. Rae avait besoin d'entendre cela, de peur qu'elle ne craigne le contraire. Il dit à son père :

« Restez loin de moi, et restez loin de Reagan, ou je jure devant Dieu que je vous en empêcherai. Je vais vendre le château de Marienburg sous votre nez et donner l'argent à une œuvre de charité. »

— Tu n'oserais pas ! rugit son père.

Wulf garda un ton bas et glacial.

— Si, je le ferai. Cette résidence est un gouffre financier et je ne la garde que pour vous faire plaisir.

— Où ma cousine Elizabeth pourrait-elle faire ses fêtes d'anniversaire si on n'avait pas le château de Marienburg ?

— Au palais de Buckingham, j'imagine. Je peux aussi réduire ou supprimer votre allocation des investissements de la Chambre. Vos revenus seraient réduits de plus de quatre-vingt-dix pour cent si vous n'aviez que vos investissements personnels pour vivre. Wulf regarda Rae, qui écarquillait des yeux horrifiés, tout en parlant à son père. Mon point de vue est le suivant : ne tentez pas de perturber mon mariage, ni le week-end prochain, ni le reste de ma vie, sinon il y aura des répercussions. Je ne tolérerai plus aucune interférence de votre part.

Son père cracha quelque chose d'inaudible.

La voix de Wulf s'éteignit.

« Et autre chose, vous allez être grand-père un peu avant Noël. Au revoir. »

Il posa son pouce sur le bouton rouge de l'écran pour raccrocher et fit mine de jeter le téléphone contre le mur.

Mais ce n'était pas son téléphone, et il était sûrement trop bien élevé pour faire quelque chose d'aussi démonstratif et de puéril. Il glissa le téléphone de Kira dans sa poche plutôt que de succomber à la tentation.

— Wulf, tu vas bien ? Les yeux de Rae étaient encore tout ronds.

— Franchement, je vais bien, grogna-t-il.

Elle fut à ses côtés en une seconde et lui prit la main.

— Tu trembles.

— Je ne tremble pas.

Tout à fait impossible.

Rae caressa son bras et glissa les mains dans ses cheveux.

« C'est bon. Je vais bien. Il appuya sa joue contre sa paume. Joséphine est venue me trouver sur les pistes aujourd'hui et m'a raconté ce que mon père avait fait. Je pensais que ça s'était arrêté là, mais quand je les ai vues assises avec toi, je me suis fait du souci pour toi. Je n'ai jamais été autant soulagé de te voir rire. Cela m'étonne que mon père ait tenté une telle chose, que n'importe qui tente quelque chose d'aussi vil. J'avais révisé mon jugement sur lui, mais je m'étais trompé.

— Eh bien, il a eu ce qu'il méritait.

— Tout à fait.

Elle lui sourit.

— Je les ai invitées à dîner ce soir, vers huit heures.

Wulf frotta son front douloureux.

— C'est extrêmement courtois de ta part.

— Elles sont retournées dans leur chambre pour se préparer.

— Splendide. Wulf leva les yeux. Derrière les rideaux transparents, la neige absorbait la lumière pêche et écarlate du soleil couchant. Une seule chose continue à m'échapper.

— Qu'est-ce que c'est, chéri ? Ses doigts effleurèrent sa chemise.

— Les premières neiges sont tombées la semaine dernière. Nous avons fait ces réservations il y a seulement quelques jours. La neige fraîche scintillait à l'extérieur de la fenêtre. Comment a-t-il su que nous serions ici ?

CHAPITRE SEPT

Rae

À ce moment précis, Rae ne se souciait pas particulièrement de la façon dont le père de Wulf avait pressenti qu'ils seraient en Argentine pour faire du ski en juin. Elle enroula ses doigts autour de ceux de Wulf qui étaient encore frais après le ski.

Wulf l'enveloppa dans ses bras.

— Quand je suis entré et que je les ai vues rassemblées autour de toi, j'ai pensé que comme elles n'avaient pas réussi à me dissuader, elles te disaient peut-être des choses horribles.

Elle se blottit contre sa poitrine. De toute évidence, il s'était douché au vestiaire avant de rentrer à l'hôtel, car il sentait le propre, une odeur de savon et de musc masculin, mais sans son after-shave habituel. Rae appuya sa joue contre son épaule et inhala la peau de son cou, respirant l'odeur particulière de Wulf tout court. C'était presque enivrant. Elle lui dit :

—Je te fais confiance.

Elle toucha ses lèvres jusqu'à son cou et sentit l'inspiration rapide de son souffle.

— Pourquoi diable ferais-tu confiance au Dom de la Maison du Diable ? demanda-t-il, sa voix profonde vibrant contre ses lèvres. Je suis l'hédonisme incarné.

— Tout d'abord, tu n'es plus Le Dom et je *te* fais confiance. Même si elles m'avaient menti et m'avaient dit que tu m'avais trompée ou que tu allais rompre, je te fais certainement beaucoup plus confiance qu'à trois femmes que je viens de rencontrer.

La main de Wulf se glissa dans son dos.

— Je garderai cela à l'esprit, si jamais de mauvaises princesses essayaient encore de te dérober à moi.

— Mais le regrettes-tu ? demanda-t-elle.

— Regretter quoi ?

— Disons que je ne retourne pas à Pirtleville.

— Je t'aurais suivie et convaincue de revenir, au final.

— Bon, d'accord. Disons que tu ne m'aies jamais rencontrée. Disons que j'aie refusé d'aller avec Georgie et Lizzy à la fête de La Maison du Diable.

— Quelle terrible hypothèse, dit-il. Il attrapa sa main qui s'était posée sur son cou et attira l'intérieur de son poignet vers ses lèvres.

— Aurais-tu épousé l'une d'entre elles ?

— Je serais probablement encore séquestré à La Maison du Diable avec tout ce que cela implique.

— Ce n'est pas ce que je veux dire. Tu aurais dû épouser l'une d'entre elles au final.

— En toute honnêteté, j'aurais probablement continué comme ça. Je ne cherchais pas à me marier.

C'est seulement après notre rencontre que j'ai voulu t'épouser.

Il venait de fermer cette coquille brillante, ce qui ne voulait pas dire que la réponse ne lui plaisait pas. En ce moment, cela signifiait probablement que Wulf se sentait à nouveau trop exposé.

Comme toujours, son cœur se brisa à nouveau pour lui.

Rae passa une main derrière sa tête et attira sa bouche vers la sienne.

Il posa juste un doux baiser sur ses lèvres qui caressaient les siennes, mais elle serra son bras autour de son cou et l'attira plus près, l'embrassant plus profondément.

Ses bras se raffermirent autour d'elle, et ses lèvres devinrent plus insistantes, aspirant sa bouche. Il se recula un peu et demanda :

— Es-tu bien sûre ? On l'a déjà fait ce matin.

— Tu sais ce qu'on dit sur les hormones de grossesse, lui dit-elle.

Rae saisit Wulf par les épaules. Elle ne mesurait que dix centimètres de moins que lui, alors elle ajusta sa bouche à la sienne et l'embrassa goulument.

Il grogna dans sa gorge, la souleva et la porta jusqu'au lit. Elle avait cessé de protester il y a quelques mois, mais elle savait que le moment viendrait où il devrait arrêter de faire ça, probablement dans deux mois environ.

Mais pour l'instant, elle était nichée dans les bras puissants de Wulf et l'embrassait.

Il l'installa sur le lit, encore froissé par sa sieste, et rampa sur elle en l'embrassant. Elle fit courir ses mains sur son long corps mince, tout en muscles puissants et en peau dorée et lisse sous ce costume, et elle eut envie de plus.

Il lui chuchota près de l'oreille, son souffle dans ses cheveux :

— Cette tête de lit pourrait être très utile, compte tenu de toutes ces barres de fer. Peut-être que je vais revisiter ma période Dom et t'y attacher.

Presque, mais ce n'était pas tout à fait ce que Rae avait en tête.

Même si elle faisait confiance à Wulf, il y avait eu quelques moments précaires où les princesses avaient fait basculer sa vision de lui et la façon dont ses amis devaient la voir, et elle avait davantage l'intention de le plaquer au sol et de lui rappeler pourquoi une femme forte était plus à son goût qu'une pâle princesse.

Rae plia la jambe, posa son pied sur le lit et fit basculer Wulf sur le dos.

Il poussa un grognement rauque et saisit ses poignets, avec l'intention évidente de la faire se soumettre, mais Rae l'esquiva et lui saisit la gorge avec les dents.

Il tendit le cou sous sa bouche, en expirant bruyamment.

Elle changea de main pour saisir ses poignets, rampa sur lui et souleva ses bras musclés vers le haut jusqu'à ce que ses doigts rencontrent la tête de lit.

— Attrape-la, lui chuchota-t-elle à l'oreille. Ne lâche pas.

Les doigts de Wulf s'enroulèrent autour du métal ouvragé de la tête de lit.

— Je veux te toucher.

— Laisse-*moi te* toucher.

Le gémissement profond qui traversa sa poitrine

robuste sous le corps de Rae ressemblait plus à de la douleur qu'à de la passion.

Rae enleva ses vêtements. Elle déboutonna sa chemise, laissant ses doigts traîner sur ses pectoraux arrondis, et repoussa le tissu bien repassé sur les muscles épais de ses bras, lui disant de lâcher la tête de lit juste assez longtemps pour passer la chemise sur ses mains. Le tatouage richement coloré sur son dos fit apparaître le noir, le vert et le rose vif du cerisier en fleur s'enroulant autour du dragon au centre, là où la cicatrice était trop épaisse pour être tatouée. Les doigts de Rae s'égarèrent vers elle, mais parfois Wulf se crispait s'il savait qu'elle l'explorait, alors elle retira ses mains.

Elle détacha sa ceinture et empoigna le tissu de son pantalon de costume, le faisant glisser avec ses sous-vêtements serrés le long de ses longues jambes, caressant les tendons épais de ses cuisses et de ses mollets.

Lorsqu'elle l'eut mis à nu, tout son mètre quatre-vingt-cinq, son corps long et musclé, doré comme la lumière du soleil, sa respiration était si difficile qu'on aurait dit qu'il avait couru un marathon. Les briques empilées de ses abdominaux gonflaient à chaque respiration hachée.

Rae l'enjamba en effleurant son membre raide, posa ses genoux de chaque côté de ses hanches sur le lit moelleux, et déboutonna sa propre chemise. Les petits boutons glissèrent dans la soie du même bleu foncé que les yeux affamés de Wulf. Sa tête était appuyée sur l'oreiller, et elle jura qu'il ne cligna pas des yeux pendant tout le temps où elle se déshabillait pour lui. Ses articulations blanchirent à l'endroit où il s'agrippait à la tête de lit.

Oui, il ne pensait pas du tout aux chiffres, au sang ou aux princesses qui se comportent comme des voleurs de chevaux. Elle aurait parié des dollars pour des *donuts* que sa tête n'était remplie que de feu nourri à la testostérone.

Elle glissa du lit pendant un moment, enleva son pantalon et ses sous-vêtements, puis elle remonta sur lui et s'allongea sur son corps robuste. En se pressant contre ses muscles épais, elle avait l'impression d'être allongée sur un lit de rivière sec, fait de pierres chauffées par le soleil et lisses comme l'eau.

Il frissonnait sous elle, ses muscles se crispant sous l'effort.

Rae posa sa bouche dans son cou et le muscle dur et rond de ses épaules, et chacun de ses gémissements fut plus douloureux que le précédent. Le musc mâle naturel de Wulf lui remplissait le nez et la bouche.

Son bras frémit sous sa langue.

Rae était sûre qu'il avait lâché la tête de lit pendant un instant, mais il s'était repris.

Rae sourit, son souffle réchauffant la peau de son cou.

Oui, c'est merveilleux quand un homme prend le contrôle et que vous perdez le vôtre, mais parfois, quand un homme s'abandonne et vous permet d'explorer son corps, de toucher et de lécher sa chair, les muscles arrondis de ses abdominaux et de ses pectoraux et de faire ce que vous voulez avec lui, même s'il tremble sous vos mains en essayant de garder sa maîtrise de soi, c'est aussi très amusant.

Et parfois, vous voulez juste l'agacer à tel point que l'instinct animal prend le dessus, de sorte que même Wulfram Augustus Heinrich Ernst Georg

Berthold Friedrich Wilhelm Louis Ferdinand Prinz von Hannover ne peut penser à rien d'autre qu'à vous.

Rae rampa jusqu'à son oreille. Ses épais cheveux auburn tombaient sur eux, coulaient en cascade là où ce tatouage tachait le lourd muscle deltoïde situé au-dessus de son épaule, et elle chuchota :

— Tu peux lâcher prise maintenant.

Wulf la repoussa et roula sur Rae, sa bouche s'écrasant sur la sienne et ses mains trouvant ses poignets pour les bloquer contre le lit moelleux. Sa peau satinée glissa sur la sienne et il s'installa sur elle, pressant de tout son poids. Elle aperçut son visage lorsqu'il se retira pour respirer. La passion glaçait ses yeux bleu foncé.

Ses mains et sa bouche étaient partout, l'attrapant et suçant sa chair et ses seins, et en quelques minutes, elle haleta sous lui, mais il n'en avait pas encore fini avec elle.

Wulf la retourna sur le ventre et l'enveloppa de ses bras, la tirant vers le haut pour qu'elle se mette à genoux et s'appuie sur son corps musclé. De derrière elle, ses mains parcouraient son corps, palpant ses seins et glissant le long de son ventre jusqu'à ses plis intimes. Rae se cambra contre lui alors qu'il glissait contre sa chair gonflée, puis la massait, puis ses doigts glissèrent à l'intérieur et la caressèrent jusqu'à ce qu'elle se frotte contre lui, essayant de se tourner, mais ses bras se serrèrent plus fort autour de ses hanches et de ses seins et il la guida, la frottant à l'intérieur et sur ses points sensibles au plaisir, resserrant la tension dans son corps, mais ne la laissant jamais vraiment passer par-dessus bord, jusqu'à ce qu'elle crie.

Il la fit tourner dans ses bras et la poussa sur le lit, en tombant et en se rattrapant au-dessus d'elle, et il lui écarta les cuisses avec ses genoux.

Il la pénétra, la remplissant à la limite de ses capacités, et elle s'accrocha à son cou. Elle essaya d'attirer son corps vers elle, mais Wulf la regardait, immobile, ses yeux bleu foncé tout brillant. Son corps scintillait de sueur fraîche. Ses narines s'évasaient à chaque respiration, comme s'il essayait de se contrôler avec grande difficulté.

Rae laissa une main descendre jusqu'à sa joue, et il ne détourna pas le regard de ses yeux.

Il se jeta sur elle, un frisson la parcourant tandis que son corps se frottait à elle. Il lui dit :

— Je ne t'aurais jamais laissée partir.

— Je ne t'aurais jamais quitté.

Les ondulations de son bassin se transformèrent en vagues lorsqu'il poussa plus fort, et sa tête commença à bourdonner.

Il donna des coups de reins, la prenant violemment. Son clitoris pulsait à chaque poussée en elle, et son sexe se serrait, se crispait jusqu'à ce qu'elle n'entende plus sa propre respiration et qu'elle jouisse. L'extase envahit sa colonne vertébrale, la faisant se cambrer et Wulf grogna à travers ses dents serrées, se pencha sur elle, et s'affala contre son corps, haletant contre son épaule.

— Je t'aime. Je ne peux pas te laisser partir.

Les vagues de plaisir déferlaient sur elle, l'aveuglant encore par leur intensité. Son corps lourd la pressait dans la douceur du lit alors qu'elle tremblait.

Lorsque la houle se calma, elle caressa les cheveux de Wulf, ses mèches blondes glissèrent entre ses doigts, et il embrassa son épaule et le côté de son cou.

Alors qu'il s'écartait d'elle, une image des trois princesses revint à l'esprit de Rae, chacune d'entre elles étant un choix plus approprié et plus logique qu'une personne comme elle, une roturière dans le besoin et sans assurance.

Bon sang. Elles l'avaient piquée au vif.

Elle s'écria :

— Tu regrettes de ne pas avoir épousé une princesse ?

Wulf pouffa et s'étendit sur le dos. Son souffle rauque soulevait encore sa poitrine robuste, et il passa une main dans ses cheveux, signe d'épuisement pour lui.

— Pourquoi voudrais-je épouser une princesse alors que j'ai une dominatrice ?

Partie Cinq

ÉPILOGUE 5: KIDNAPPÉE

Milliardaires incognitos : Rae et Wulf

Chapitre Un

DÉCOUVERTE

*W*ulf von Hannover était assis à sa table, dans son petit bureau, une pièce en forme de bunker qu'il avait fait aménager au centre de sa maison. Il cliqua sur une icône. Le large écran de l'ordinateur formait un arc de cercle sur son bureau lui permettant de voir des centaines d'actions en temps réel. L'appareil entonna sa petite chanson pour indiquer qu'il allait bientôt s'éteindre.

Wulf s'étira, les bras au-dessus de la tête. La masse de tissu cicatriciel rigide sur son dos ne permettait pas à son bras droit de s'étendre jusqu'à son bras gauche, mais il saisit son coude et l'écarta de quelques centimètres.

La rafale d'ajustements des *stocks options* lui avait donné des vertiges ce matin-là, mais il prenait une semaine de congé - une bonne semaine, insista-t-il pour lui-même - pour épouser Rae en Suisse, trois jours plus tard. Il ne s'agissait que du mariage religieux, car ils s'étaient mariés civilement en France quelques mois auparavant, juste avant de découvrir qu'elle était déjà enceinte et que la vie de Wulf avait changé.

Un petit sourire étira ses lèvres.

Tout à fait, tout à fait changée, et elle changerait encore dans six mois.

Il voulait que sa femme vive un maximum de choses pendant cette période parce qu'elle semblait si jeune parfois, pas encore vingt-deux ans, mais il voulait aussi ralentir le temps et observer ces quelques mois, savourer chaque instant, pour ne pas en oublier une minute.

Wulf s'étira davantage, allongeant son dos et ses abdominaux saillants alors que l'écran de l'ordinateur s'assombrissait, puis s'éteignait. L'écran convexe était presque aussi large que ses bras écartés, soit plus d'un mètre cinquante.

Il allait passer une bonne semaine sans le vacillement psychotique des symboles boursiers et des prix, sans manipuler le monde par les flux et reflux des devises et des capitaux.

Mais allait-il survivre ?

Il lui faudrait trouver un dérivatif approprié.

Ou des divertissements appropriés.

Wulf sourit dans le noir en faisant rouler sa chaise vers l'arrière pour quitter son petit centre de commandement. Un dernier coup d'œil dans le coin inférieur droit de l'écran avant qu'il ne devienne noir confirma qu'il était presque deux heures et qu'il avait manqué le déjeuner.

Peu importe. Il avait juste le temps de finir d'emballer ses affaires de toilette avant que les voitures ne partent pour l'aéroport et que son avion ne les emmène en Suisse. Leurs vêtements de mariage avaient été envoyés avec sa sœur, Flicka, après les derniers essayages de la veille.

Bizarrement, sa gouvernante Rosamunde ne l'avait pas appelé pour le déjeuner alors que Rae aurait dû rentrer de sa réunion avec ses professeurs. Rae travaillait sur des projets d'études indépendants pendant l'été, un document de recherche sur les interventions comportementales dans les troubles de l'autisme et un autre sur les troubles de la personnalité multiple, et ceux-ci nécessitaient évidemment de nombreuses consultations, même le jour où ils partaient pour leur mariage religieux en Suisse.

Depuis la porte de son bureau, il suivit le couloir qui menait aux pièces principales.

Habituellement, le ménage était effectué l'après-midi, mais les meubles brun clair de la vaste pièce de réception restaient silencieux dans l'espace inoccupé. D'énormes plantes en pot, son ajout tardif pour essayer d'apporter un peu de luxuriance de la Forêt-Noire aux couleurs du désert, ondulaient dans l'air conditionné qui déversait de l'air frais dans la pièce, repoussant la lumière du soleil implacable qui flamboyait à travers les hautes fenêtres. La piscine et la cour extérieure étaient subtilement déformées à travers les vitres pare-balles.

Son estomac gronda, et Wulf appuya sur son estomac à travers sa chemise blanche. Il n'avait pas mis de cravate ce matin et son col était déboutonné. La désinvolture de Rae et de l'Ouest américain déteignait sur lui.

Le déjeuner était son premier point à l'ordre du jour.

Il tourna devant le grand escalier et se dirigea vers la cuisine, cherchant des yeux des membres de son personnel.

Il devrait bien y avoir quelqu'un dans les parages.

L'inquiétude lui fit dresser les poils sur la nuque. Sa salle informatique était isolée et le personnel n'était pas autorisé à y entrer, sauf pour le nettoyage de base le soir. Il y était enfermé depuis environ quatre heures du matin. En raison de l'isolation phonique et du système de refroidissement qui s'y trouvait, c'était pratiquement un bunker.

Il n'aurait peut-être rien entendu si quelque chose avait mal tourné.

Wulf s'arrêta, écoutant le silence qui planait dans la salle de réception à la recherche de bruits de pas ou du clic métallique d'un pistolet que l'on arme.

Les hauts murs autour de la salle étaient impeccables. Le verre pare-balles était transparent, sans fissure. La piscine extérieure scintillait en bleu sous la lumière du soleil.

Aucun signe de violence.

Ses propres pas martelaient le sol de marbre frais alors qu'il se dirigeait vers la cuisine.

Des murmures traversèrent la porte avant que le bout de ses doigts ne la touche, et il se détendit un peu. Il poussa la porte, hésitant avant d'entrer.

À l'intérieur de la cuisine, son personnel était assis à des tables ou appuyé contre les comptoirs et discutait tout doucement.

Près de la cafetière, l'un des responsables de la sécurité, Hans, engloutissait du café comme s'il noyait son chagrin. Il se versa une autre tasse et se retourna, apercevant Wulf debout à la porte.

— Il est là, annonça-t-il.

Le reste du staff pivota et le fixa du regard.

Rosamunde, sa gouvernante, se tenait près des fours en acier brillant, les bras croisés, la mine renfrognée. La plupart des autres femmes de ménage avaient des rides d'inquiétude entre les yeux.

Hans et Luca, les hommes de la sécurité qui auraient dû surveiller sa femme à l'université, se tenaient les épaules voutées sous leurs costumes noirs.

Mon Dieu, non.

Wulf repoussa toute pensée parasite, et son cœur battait régulièrement dans sa poitrine, aussi calme que s'il était sur une crête avec un fusil à l'épaule.

Il leva un sourcil.

— Que s'est-il passé ?

— Nous n'en sommes pas sûrs, dit Hans.

— Comment ça vous n'êtes pas sûrs de ce qui s'est passé ?

Wulf entra dans la cuisine. La porte se referma derrière lui.

Luca posa son café sur le comptoir en acier et se redressa.

— Nous maintenions une courte distance, comme nous l'avait demandé Mlle Stone. Mlle Stone a été abordée par une femme d'âge moyen, d'environ un mètre soixante-dix, aux cheveux blond foncé, portant une longue jupe et un chemisier blanc. Après une très courte conversation, Mlle Stone a suivi la femme dans la foule dense des étudiants en pause. Nous l'avons suivie, mais elle est montée dans une vieille berline blanche, immatriculée A-K-G quatre sept neuf. L'autre femme a démarré. Notre voiture était garée dans un autre parking, donc nous n'avons pas pu continuer à surveiller Mlle Stone.

Wulf respirait naturellement, observant les froncements de sourcils et la posture tendue de son personnel. Il sortit son téléphone de la poche de sa veste, mais il n'avait reçu aucun message ou appel de la part de Rae.

Il essaya de l'appeler sur son portable, mais il tomba sur la messagerie vocale avant la première sonnerie.

Rae n'éteignait jamais son portable, *jamais*. L'une des rares folies qu'elle s'octroyait - et qu'elle considérait comme une débauche financière, ce qui l'avait beaucoup amusé - était une variété de chargeurs de téléphone portable : de voiture, rapide et solaire, et même une batterie externe qu'elle gardait dans son ancienne chambre de dortoir, au cas où.

Il lui envoya un texto : *tout va bien ? Appelle la maison ou le numéro d'urgence.*

Wulf regarda les siens, et leurs expressions coupables lui dirent qu'ils avaient déjà essayé toutes ces options faciles.

— Avons-nous localisé son portable ?

— Nous ne recevons aucun signal de son portable, répondit Hans.

— Je vois. Quelles sont nos options ?

— Nous attendons qu'elle nous appelle, je suppose, a dit Hans.

— D'autres options ? demanda Wulf.

Luca et Hans se regardèrent.

— La règle générale est qu'il faut attendre trois jours pour signaler la disparition d'un adulte majeur.

Wulf tendit ses doigts.

— Je suis au courant des règles qui concernent

les autres personnes. J'ai demandé quelles étaient *nos* options.

Hans et Luca se regardèrent à nouveau.

— On peut appeler ses amis.

— Au contraire, dit Wulf. On va appeler *nos* amis.

Chapitre Deux

MENTEURS

 *eux heures plus tôt.*

La voiture d'Hester brinqueballa comme un tas de pots de peinture sur les dos d'âne du parking et s'enfila dans la circulation.

Rae était assise à la place du mort et assaillait de questions Hester qui conduisait.

— Dans quel hôpital se trouve-t-elle ? Pourquoi était-elle ici, d'ailleurs ? Sont-ils sûrs que c'était bien une crise cardiaque ? Ils ont fait un électrocardiogramme ? Le médecin a-t-il *vraiment* dit qu'il s'agissait d'une crise cardiaque ? Ça ne pourrait pas être juste une indigestion ? Elle a toujours eu des problèmes avec sa hernie hiatale. Toutes ces grossesses, tu sais. Rae posa sa paume sur son ventre. Est-ce qu'elle a bu de la limonade ? Elle a d'horribles reflux quand elle boit de la limonade. Je parie qu'elle a bu de la limonade.

— Je ne pense pas que ce soit ça, dit Hester, ses yeux bleus larmoyants s'esquivant vers le rétroviseur.

— De la limonade ou un autre agrume. La vieille Mme Trout nous a donné un sac de pamplemousses de ses arbres quand j'avais environ douze ans, et maman a dû avaler une bouteille entière de Tums cette semaine-là. Je parie que c'est juste une indigestion.

Hester tourna le volant, et la voiture prit un virage pour entrer dans le parking d'un Best Western. Cinq étages de parpaings masquaient le soleil alors qu'elles circulaient autour du bâtiment.

« Euh, ça n'est pas un hôpital, dit Rae. »

— Non, en effet.

— Où est ma mère ?

— Elle est à la maison. Elle va bien. Elle n'a rien.

— Hein ? Mais qu'est-ce qu'on fout là, Hester ?

Hester soupira et se gara à l'arrière de l'hôtel, loin de la vue sur la rue.

— Reagan, on a tous besoin de te parler de certaines choses.

— Pas question ! Pas question bordel !

Rae saisit la poignée bouillante de la porte, mais trois de ses plus grands cousins, dont Craigh, son cousin d'habitude de son côté, étaient déjà en train d'ouvrir les portières de la voiture. La poignée fut arrachée brutalement et ses ongles crissèrent sur le métal.

Rae lutta pour dégager ses bras de leurs mains serrées autour de ses poignets, mais ils étaient beaucoup plus forts qu'elle. « Mais qu'est-ce que tu fais, Hester ? »

Hester sortit de la voiture et garda la tête baissée.

— C'est pour ton bien.

— Je ne rentre pas à la maison. J'ai un vol dans cinq heures !

Craigh marmonna :

— Je ne pense pas que tu vas réussir à prendre cet avion. Cette discussion pourrait prendre du temps.

— Je ne peux pas croire que tu fasses ça, Craigh !

Il hocha la tête et pressa ses lèvres l'une contre l'autre en fouillant dans le sac à dos de Rae qu'il avait récupéré sur le siège arrière.

— Je n'arrive pas à croire que je sois là non plus.

Craigh trouva le téléphone de Rae et l'éteignit.

Wulf et ses gars de la sécurité ne pourraient pas la suivre.

— Allez, quoi mec !

Il secoua la tête.

— Ils veulent juste te parler un moment. Et tout ça…

— Qui ça, ils ? Quoi tout ça ? Elle se tordit en tous sens, essayant d'échapper à l'emprise de ses cousins, mais ils la traînèrent vers l'hôtel.

Rae était une gentille fille, élevée pour être gentille et polie et pour s'entendre avec tout le monde. Elle aurait peut-être dû s'asseoir sur l'asphalte ou crier, mais le grand hôtel en briques bloquait la vue des voitures qui passaient à toute allure dans la rue devant, et toutes les fenêtres et les rideaux de l'hôtel étaient fermés hermétiquement pour se prémunir de la chaleur estivale de juin. Les climatiseurs sur le toit rugissaient comme des essaims de frelons, plus fort que tous les cris qu'elle aurait pu pousser.

Elle entra donc avec eux, bien qu'en remuant en

tous sens pour essayer de se dégager de leurs mains brutales.

Ils la poussèrent par la porte arrière de l'hôtel - une vitre, remarqua Rae, même pas pare-balles - et dans l'une des premières pièces du rez-de-chaussée.

Bon, c'est bien. Quand elle aurait réussi à échapper à sa famille de fous, elle pourrait se précipiter dans le hall et leur dire d'appeler les flics. Et il n'y avait même pas de cage d'escalier pour risquer de tomber, maladroite qu'elle était.

À l'intérieur de la petite salle de conférence, la table en stratifié et les chaises de salle à manger chromées avaient été repoussées contre les murs, laissant un espace libre au centre. Un oreiller et une couverture étaient tirebouchonés au centre de la pièce.

Le père de Rae, Zachariah Stone, et plusieurs de ses oncles grisonnants flanquaient le révérend Stoppard. Son père regardait fixement ses chaussures éraflées, celles du dimanche. Les yeux noirs du révérend la foudroyaient, et il tenait une bible serrée dans sa main.

Une clochette et une bougie se trouvaient à côté de l'oreiller sur le sol.

Une clochette, un livre et une bougie.

— Pas question, dit Rae. Les protestants ne croient pas aux rituels vides de sens, tu te souviens ? Nous ne faisons pas d'exorcismes.

Le révérend Stoppard leva sa bible bien haut dans les airs. La couverture souple s'ouvrit et la moitié des pages s'affaissèrent.

— Par le pouvoir de Jésus-Christ, disparais démon !

— Ce n'est pas du tout la façon de commencer un exorcisme ! dit Rae. L'un de ses cours de psycho avait discuté des traitements historiques des maladies mentales, elle avait lu le rite catholique de l'exorcisme juste pour s'amuser et en avait été complètement effrayée. On commence par une litanie des saints, pas en sautant directement dans le truc et en hurlant sur le démon. Attendez, je vais vous montrer. *Seigneur, aie pitié.* Maintenant, vous le dites à votre tour.

Son père et ses oncles s'étaient donc réconciliés avec le catholicisme ?

Le révérend Stoppard brandit le livre vers elle, alors qu'il était à l'autre bout de la pièce.

Poule mouillée.

Il cria :

— J'ordonne au démon de disparaître !

— Non, mais sérieux, c'est pas du tout comme ça qu'on fait un exorcisme. C'est forcément dans une église avec un autel. Révérend Stoppard, Rae tendit le doigt vers lui, vous devez vous confesser d'abord, sinon vous êtes en état de péché et le démon peut vous sauter dessus et s'emparer de votre âme. Pourquoi est-ce qu'on n'appelle pas le père Manuel à Notre-Dame de l'Aide Perpétuelle pour avoir ses conseils ?

— Démon ! Va-t'en démon ! cria Stoppard, ses cheveux noirs tombant sur son front. Ses yeux sombres devenant de plus en plus fous à chaque exhortation.

Peut-être que Rae devrait se contenter de baver, de leur cracher dessus pendant un moment, peut-être de vomir sur le pantalon du ministre Stoppard - oui, elle avait vraiment envie de vomir sur lui - et ainsi se déclarer exorcisée.

Elle jeta un regard à l'horloge.

Si elle y parvenait, elle pourrait encore arriver à l'aéroport à temps pour respecter l'horaire du vol pour la Suisse afin de se marier à l'église.

Bon, maintenant elle avait un plan. C'était bien.

Et pourtant, elle ne pouvait pas se prêter à leur jeu. Elle en avait trop vu. Elle était, en effet, trop *décadente* comme ils disaient pour écouter ce genre de conneries répressives, colériques, effrayantes, superstitieuses.

Elle s'arracha des mains de ses cousins.

— C'est ridicule. C'est complètement ridicule. Je m'en vais.

Stoppard s'écria :

— Les garçons, allongez-la.

Les cousins de Rae l'attrapèrent à nouveau et la poussèrent vers la couverture au milieu de la pièce. Craigh lui tint le bras droit.

— C'est un kidnapping, hurla-t-elle. Si vous ne me laissez pas partir tout de suite, je vais porter plainte. Je suis sérieuse, là.

Stoppard cria :

— C'est ce que dirait un démon ! Une fois qu'elle sera exorcisée, elle ne voudra pas porter plainte. Elle sera heureuse d'être libérée de la possession démoniaque.

Rae roula des yeux, exaspérée par tous.

— Oh, pour l'amour de Dieu. Quelle connerie !

Ils firent tomber Rae, et l'épaule de Craigh s'enfonça dans son ventre, juste à côté du bébé.

Elle poussa un cri. S'ils la blessaient, ils pourraient tuer le fragile petit habitant qui était en elle.

— OK ! Je vais m'allonger ! Ne me poussez pas !

Craigh recula. Rae s'allongea sur le sol, en

posant sa tête sur l'oreiller. Elle se roula sur le côté et serra les bras sur son ventre.

Nouveau plan : tout faire pour qu'ils ne lui fassent pas de mal ni au bébé.

Elle devrait peut-être leur dire qu'elle était enceinte. Comme ça, ils feraient gaffe à son ventre.

Ils devaient tous être *pro-life*. Stoppard prêchait contre l'avortement au moins une fois par mois, et l'acquiescement était obligatoire. Elle était sûre à quatre-vingt-dix pour cent que personne ici n'était assez opposé à son mariage pour sortir les aiguilles à tricoter.

Mais Stoppard était plus qu'un fanatique. Son petit pouvoir sociétal et la totalité de ses revenus provenant des dîmes étaient en danger, et pour lui, la rébellion de Rae en était la personnification. S'il pensait que sa grossesse monterait ces gens contre lui au point qu'ils lui permettent de s'échapper, il pourrait lui mettre une raclée, en lui enfonçant ses poings dans le ventre, un avortement à l'ancienne. Il leur dirait probablement que cette sorcière mentait à propos du bébé et qu'il lui enfonçait Jésus à coups de poing dans le cœur.

Elle ne pouvait pas leur dire, pas si elle voulait protéger son enfant.

— Ne me faites pas de mal. Je ferai tout ce que vous voulez.

Chapitre Trois

CHASSÉ-CROISÉ TÉLÉPHONIQUE

*W*ulf était de nouveau assis dans son bureau, une pièce sombre et sans fenêtre. Son large écran d'ordinateur mort et noir. De la poussière statique lui piquait le nez, et il essayait de ne pas tressaillir chaque fois que Luca et Hans tripotaient et froissaient des papiers derrière lui.

Ils n'auraient vraiment rien pu faire si Rae avait été déterminée à partir seule. Wulf s'en tenait fermement à cette pensée plutôt que de prendre des décisions concernant leur job.

Il choisit un contact dans son répertoire et souffrit pendant de longues sonneries.

Un clic, et la voix rocailleuse d'une femme s'éleva :

— Téléphone de Théo Valencia ! Wulf ? C'est toi ?

— Oui, Lizbeth. C'est assez urgent. Théophile est-il disponible ? Un procureur du comté pourrait avoir une certaine influence dans une affaire de disparition, je pense.

— Je retourne à son bureau tout de suite. Qu'est-ce qu'il y a ?

La voix de Wulf resta égale.

— On ne peut pas localiser Rae. On se demandait s'il pouvait nous proposer des alternatives.

— *Quoi ?* OK, maintenant je cours à son bureau. Est-ce qu'elle va bien ?

— On n'est pas sûrs.

— Merde. *Théo !* cria-t-elle, et elle marmonna d'autres trucs que Wulf ne comprit pas.

Une voix d'homme la remplaça dans le téléphone :

— Rae a disparu ? Elle est enceinte, non ?

— Oui, répondit Wulf. De toute évidence, elle a disparu depuis trois heures, et son téléphone a été éteint. Nous sommes très inquiets pour elle. Je me demandais si on pouvait faire quelque chose.

— Rien d'officiel. Attends une seconde. *Noah !* cria Théo Valencia, et de nouveau il y eut une discussion étouffée, mais avec plus d'une voix masculine. On va appeler des amis. Tu as d'autres informations ?

Wulf lui donna le numéro de la plaque d'immatriculation et la description de la voiture.

— Ça va bien nous aider. Je t'appellerai quand on aura quelque chose.

Wulf raccrocha et appela immédiatement un autre contact. Un procureur général était une aide, mais Wulf pourrait avoir besoin de quelqu'un de plus... mercenaire.

Un homme répondit en alémanique.

— *Durchlaucht*[1], je suis sur la route de l'aéroport.

J'arriverai avant vous dans l'avion et je vais boire tout votre scotch.

Wulf respira profondément.

— Dieter, il y a eu un problème.

— Je suis en route.

Chapitre Quatre

EXORCISME

*R*ae avait les yeux fermés et supportait les cris des hommes exhortant le démon à quitter son corps. Elle était allongée sur la moquette sale, sur le côté, les bras serrés sur le ventre, et même si celui-ci était encore à peu près aussi plat qu'auparavant, son tour de taille s'était un peu épaissi.

Ses cousins maintenaient la couverture sur elle, en plaquant les bords au sol, même si elle n'avait pas tenté de lutter pendant les deux dernières heures.

Une autre maudite larme s'écoula de son œil, et elle appuya sa joue sur l'oreiller plutôt que de laisser quiconque la voir.

Ils allaient bientôt se lasser de cette stupidité, croyait-elle.

Ils la laisseraient bientôt partir, essayait-elle de se persuader.

Le révérend Stoppard, son père, ses oncles et ses cousins hurlaient des versets de la Bible à propos de Jésus qui avait chassé les démons qui se nommaient

Légion, du cœur d'un homme possédé et les avait transformés en un troupeau de porcs.

Vraiment, ils ne pouvaient pas voir la parabole politique là-dedans ?

Leurs voix masculines grondaient dans la pièce, chantant des versets qu'ils connaissaient tous, ou du moins en reprenant les mots et en marmonnant ceux qu'ils ne connaissaient pas, faisant vibrer les lambris sur les murs.

Rae se recroquevillait sur son ventre en respirant lentement.

Ils scandaient "Jésus vous ordonne de sortir", ce qui était proche du chant du rite catholique "Car c'est la puissance du Christ qui vous contraint", mais pas tout à fait la même chose.

Rae respirait profondément, en essayant de ne pas trembler ou de ne pas se laisser envahir par la situation.

Ce serait bientôt terminé.

Ils s'ennuieraient ou réaliseraient à quel point c'était une mascarade stupide.

Elle tourna à nouveau son visage vers l'oreiller, essuyant une autre larme.

Craigh lâcha la couverture et se mit debout.

— C'est ridicule.

Rae ouvrit les yeux.

« Elle n'est pas possédée. Regardez-la. Le Diable ne supporte pas d'entendre des versets de la Bible. »

Le père de Rae l'attrapa par le bras.

— Son âme est en danger ! Si on ne chasse pas ce démon, elle ira en enfer ! Sa voix s'éleva, hystérique. Je ne peux pas laisser ma petite fille aller en enfer ! Elle sera tourmentée pour l'éternité dans le lac de feu ! Regardez-la ! Regardez comme elle nous laisse l'exorciser parce qu'elle veut être libérée du Diable !

Eh bien, la complaisance s'était retournée contre eux. Rae soupira.

Elle repoussa ses bras contre le sol, mais deux de ses grands cousins tenaient toujours la couverture, pressant le tissu rugueux sur ses bras et sa poitrine.

Craigh secoua la tête en se retournant.

— Elle n'est pas possédée. J'arrête ça.

Rae lui cria.

— Appelle Wulf et dis-lui que je vais bien !

Il sortit de la pièce, mais il ne voulut pas rencontrer les yeux de Rae en sortant.

Elle posa sa tête sur l'oreiller. Il n'allait appeler personne.

Ses autres cousins resserrèrent leur emprise sur la couverture, la plaquant contre elle. Elle pouvait respirer, mais elle ne pouvait pas bouger. Cependant, ils n'étaient plus que deux à le faire désormais. Si les choses commençaient à mal tourner, elle pourrait avoir une chance de se battre pour s'en sortir.

Le révérend Stoppard leva les mains, prêchant haut et fort que la décadence invitait les démons à entrer en ouvrant son esprit au diable. Il parla pendant des jours, lui sembla-t-il − d'autres vociférations, d'autres hurlements, d'autres versets bibliques et théologie fumeuse - bien que la petite horloge haute sur le mur n'ait bougé que de trois heures au total.

Elle aurait déjà dû être à l'aéroport.

Wulf devait être fou, probablement à sa façon très calme.

Rae prit une profonde inspiration. Tout irait bien. Ils pourraient reprogrammer le vol et partir le lendemain ou le jour suivant. Les dîners et autres choses pourraient être décalés.

Sauf si Wulf pensait qu'elle l'avait laissé tomber.

Sauf si le bébé qui était en elle mourait.

Sauf si ça tournait vraiment, vraiment mal et que Stoppard et ces grands gaillards la tuaient. Elle avait lu que cela se produisait lors d'exorcismes amateurs. Sa gorge sèche se mit à piquer alors qu'elle toussait. Parfois, ce type d'exorcisme durait des jours, et c'était généralement quelque chose comme une déshydratation ou une asphyxie qui tuait la personne lorsqu'ils mettaient la couverture sur sa tête.

Elle se recroquevilla sous la couverture, les bras et les genoux autour de son ventre.

Le révérend Stoppard la regardait fixement, furieux de ce qu'elle avait fait. Les veines de son front et de son cou se gonflèrent alors qu'il éructait :

— Le diable se tord de douleur au son de la Parole de Dieu ! Retenez-la, les gars ! Mettez cette couverture sur sa tête et étouffez le mal !

Levi et son autre ogre de cousin plaquèrent la couverture sur sa tête.

L'air emprisonné sous le tissu épais se réchauffa contre son visage. L'aigreur de la peur envahit la couverture étouffante et son esprit.

C'était la fin.

Même si elle ne voulait pas mourir, imaginer ce que sa mort ferait à Wulf lui donnait des crampes à la poitrine. Il sombrerait dans un froid glacial, immobile, jusqu'à ce qu'il s'arrête de vivre... tout simplement.

— Laissez-moi sortir ! cria Rae

— Quoi ?

La voix grave que Rae entendit à travers la couverture appartenait à son cousin Levi, qui n'avait jamais été le plus brillant du clan.

— Laissez-moi me lever. Cela a assez duré. L'épuisement lui pesait presque autant que la couverture. Elle leva les bras et retira la couverture de son visage. De l'air frais souffla sur ses joues. Arrêtez ces bêtises !

— Maintenant, le démon parle ! Cria Stoppard

— Ce n'est pas le démon qui parle. C'est le bon sens, déclara-t-elle.

— Va-t'en diable de l'enfer !

— Oh, Seigneur Jésus, murmura-t-elle.

— Oui, louez son nom ! cria Stoppard.

— Arrêtez cette folie ! Arrêtez tout ! Rae attrapa l'oreiller et le jeta sur Stoppard. Il l'esquiva. C'est toi le malin ici ! Peut-être que tu es possédé !

Son père poussa un cri de stupeur.

— Ferme-la, Rae, on ne parle pas aux hommes de Dieu comme ça.

Rae serra les dents.

— Je ne parle pas à un homme de Dieu. Je parle à Stoppard.

Elle commença à sortir de sous la couverture en se tortillant.

Chapitre Cinq

LA CAVALERIE

*W*ulf prit place sur le siège passager tandis que Dieter conduisait le SUV noir. La lumière du soleil d'été scintillait sur les voitures et les camions qui les ralentissaient et faisait jaillir des étincelles dans ses yeux. Le temps passait sur sa montre, tellement de temps depuis que Rae avait faussé compagnie à sa sécurité.

La vie pouvait changer en un clin d'œil.

Tant de battements de cœur.

Tant de temps.

Noah, l'ami de Théophile Valencia, avait décrit à son réseau la voiture dans laquelle Rae était montée et il avait appris en moins d'une heure que la voiture avait été repérée dans le parking d'un hôtel connu pour ses trafics de drogue près de l'université.

Le téléphone de Wulf sonna de nouveau faisant clignoter le numéro de contact de Théophile. Il répondit :

— Avons-nous plus d'informations ?

Wulf regardait la circulation par le pare-brise tandis que Théo disait :

— Le contact de Noah dit qu'un groupe du nom de Stone a loué une petite salle de conférence au rez-de-chaussée.

— Merci.

— Avez-vous assez de monde ? Je peux envoyer quelques personnes.

Wulf jeta un coup d'œil derrière l'appui-tête aux cinq hommes sur les deux banquettes arrière, dont Dieter, Hans, Luca et Friedhelm, et à l'autre SUV qui les suivait. Des sacs noirs gisaient à leurs pieds. Tous, sauf Wulf, portaient des treillis noirs.

Il se retourna vers l'avant, en plissant les yeux sous le soleil à cause du chrome des autres voitures autour d'exu, alors qu'elles roulaient à toute allure dans la chaleur de l'après-midi.

— Je pense que nous avons suffisamment de personnel, mais merci encore.

Chapitre Six

ARRIÈRE, SATAN !

*L*es deux grands gaillards des deux côtés de Rae plaquèrent la couverture autour d'elle, l'emmaillotant étroitement autour des épaules, mais elle donna suffisamment de coups de pied pour la repousser afin de pouvoir s'accrocher à la moquette d'une main et ramper vers l'avant.

La grimace de Stoppard se transforma en rage.

Un espace dans la couverture grossière lui permit de sortir un bras, mais elle garda l'autre main baissée pour protéger son ventre.

Stoppard cria :

— Elle a la force de dix hommes ! C'est la preuve qu'elle est possédée !

— Non. Votre stupide méthode de couverture ne fonctionne pas, c'est tout, dit Rae. Ses cheveux en sueur s'accrochaient à son visage.

— Plaquez-là au sol ! Va-t'en démon !

Elle s'adressa directement à Levi, qui était accroché à son bras droit :

— Tu sais bien que c'est ridicule. Fais-les arrêter ça.

— *Arrière, Satan !* dit Levi. Il jeta un coup d'œil au pasteur. Rae pensa voir un éclair d'indécision, mais il secoua la tête. Ce n'est pas ridicule. Ton père veut sauver ton âme de l'enfer.

— Vous m'avez kidnappée !

— Tu es montée dans la voiture toute seule.

— Vous me kidnappez maintenant. Je veux partir, et vous me maintenez à terre.

— C'est pour ton âme immortelle.

— Mon âme immortelle va bien. Laissez-moi partir.

— Je ne peux pas, murmura-t-il.

Parce que Stoppard monterait les gens contre lui.

Stoppard avait une emprise sur toute sa famille, ce salaud.

Rae repoussa la couverture avec son bras libre et s'en extirpa enfin.

— Hé ! Son père fonça sur elle, ses mains épaisses de fermier en avant.

Bon sang. Ça pourrait vite dégénérer.

Elle le montra du doigt.

— Reste en arrière. Ne me touche pas.

Il hésita, ce qui laissa assez de temps à Rae pour se glisser hors de la couverture jusqu'à la taille.

Levi lui saisit le bras, mais elle s'y était préparée et elle lui retira violemment la main. Les ongles du garçon lui griffèrent le poignet lorsqu'elle se débattit. Il l'attrapa à nouveau, mais il avait lâché son côté de la couverture.

Rae donna un coup de pied, retournant la couverture sur elle-même pendant que son autre cousin essayait de l'attraper aussi. Elle leur donna un coup de pied à tous les deux tout en rampant à quatre pattes, essayant de se dégager complètement de la couverture et de l'emprise des deux cousins.

Levi revint à la charge, et cette fois, elle ne put s'échapper.

— Couche-toi, grogna-t-il. Allonge-toi pour que je n'aie pas à te frapper.

Elle repoussa sa main plus fort et hurla, priant pour que quelqu'un à l'extérieur de la salle de conférence puisse l'entendre.

— Arrête ! Levi se jeta sur elle, sa main volant vers son visage, essayant de lui couvrir la bouche plutôt que de lui prendre les bras. D'autres personnes se précipitèrent pour l'aider.

— Non ! Arrêtez ! Elle devait s'enfuir avant qu'ils ne la blessent, elle ou le bébé. Laissez-moi partir !

Levi la cloua au sol et essaya encore de lui couvrir la bouche. Il lui mit la main sur la figure et étouffa ses cris en gémissements.

Rae essaya d'aspirer de l'air, mais la main de Levi était sur son nez et sa bouche, et son poids pressait sur sa poitrine.

Elle ne pouvait pas respirer.

Mon Dieu, s'il vous plaît, mon Dieu, pas le bébé.

Elle ouvrit la bouche, essayant de lui mordre la paume, mais elle ne parvint pas à atteindre la chair.

Stoppard apparut au-dessus d'elle, criant quelque chose. Des postillons giclèrent de sa bouche et aspergèrent son visage.

Rae cligna des yeux. Elle le frappa pour essayer de l'assommer.

Il appuya la paume sur celle de Levi. Une douleur s'imprima dans sa joue et sa mâchoire, et s'infiltra dans ses dents. Un goût de sang emplit sa bouche.

Quelque chose les percuta et les yeux de Levi s'écarquillèrent, choqués, alors qu'il était projeté sur le côté.

Le visage de Stoppard valsa sur le côté et un poing prit sa place.

Des formes noires envahirent la pièce, s'élançant vers son père et ses oncles en criant :

— À terre ! Couchez-vous sur le sol !

Rae aspira de l'air tandis que Wulf apparaissait dans son champ de vision, un grondement lui tordant la bouche et la rage rétrécissant ses yeux bleu foncé. Sa main l'attrapa par le bras, elle se détacha du sol et s'appuya contre son dos musclé alors qu'il reculait, un petit pistolet dans l'autre main.

Elle jeta un coup d'œil par-dessus son épaule. Hans, Friedhelm et d'autres hommes se tenaient au-dessus de ses cousins et des autres gars allongés sur le sol, pressant des pistolets à l'arrière de leur tête ou couvrant plusieurs hommes en levant leurs armes en l'air, visant un de ses oncles couchés, puis un autre.

— Je vais bien, chuchota-t-elle à Wulf. Tout va bien. Je vais bien. Elle pressa le côté de son visage contre son dos, le tissu de son costume contre sa joue.

Il la maintenait derrière son dos avec un bras tout en pointant son pistolet sur un membre de sa famille, puis sur un autre. Sa voix était calme alors qu'il lui demandait :

— Que se passait-il ici ?

— C'était juste un truc.

— Un truc ? Sa voix s'éleva légèrement par rapport à son timbre habituellement plus grave.

La voix de Stoppard était étouffée, car Hans lui écrasait le visage avec sa botte sur la moquette sale.

— C'est une agression ! Laissez-moi partir.

— Mettez-le debout, dit Wulf.

Hans recula, tenant son pistolet à deux mains et le pointant sur le pasteur.

Wulf lui dit de loin :

— Expliquez-nous ça.

— Elle est possédée par le démon ! cria encore Stoppard, en se redressant sur les bras. Nous essayions de la délivrer.

Rae aurait bien voulu se liquéfier et imprégner la moquette pour disparaître.

Le regard de Wulf se posa sur la bougie et la clochette rituelles sur le sol, et il tourna la tête vers Rae, bien qu'il ait gardé son arme pointée sur Stoppard.

— *Un exorcisme ?!*

— Oui, soupira-t-elle.

— Elle est possédée par des démons ! cria Stoppard.

Rae pressa ses mains sur ses yeux. L'épuisement lui pesait.

Wulf demanda :

— Ils t'ont fait du mal ?

— Non. Elle secoua la tête. Pas vraiment.

— Ta bouche saigne.

— Je vais bien, insista-t-elle.

— Je t'ai entendue crier.

— J'avais juste peur. Je vais bien maintenant.

Le regard de Wulf laissait entendre qu'il ne la croyait pas du tout.

— Dieter, dit-il en regardant ses cousins. Emmène-la !

Rae leva les yeux, en regardant autour d'elle, jusqu'à ce qu'elle le trouve. *Dieter* était là, les lumières fluorescentes scintillant sur ses cheveux blonds et un regard solennel emplissant ses yeux gris. Il retira sa botte de la nuque de Levi et avança vers elle. Il se tint à côté de Wulf et la saisit, la faisant passer derrière lui, tout en surveillant la situation.

Rae le laissa faire. Wulf devait avoir une raison. Elle voulait juste partir.

Il dit à Dieter :

— Si quelqu'un s'approche d'elle, tire-lui dessus.

— Dois-je les avertir avant ? demanda-t-il.

— Je viens de le faire. Wulf jeta un coup d'œil en direction de Stoppard, qui se releva avec difficulté. La colère froide dans les yeux bleu foncé de Wulf était effrayante.

Rae se stabilisa en posant une main sur le dos de Dieter, et il recula avec elle, le bras dans le dos pour la protéger davantage.

Wulf cliqua sur le cran de sûreté de son pistolet et l'enfonça à l'arrière de sa ceinture sous la veste de son costume tout en marchant vers Stoppard et en contournant les cousins étalés sur le sol. Une marque rouge vif envahissait le côté du visage de Stoppard.

Rae chuchota à Dieter :

— On ferait mieux d'y aller. Je veux juste rentrer à la maison.

— Une minute, dit-il, regardant toujours Wulf et les autres hommes. Son pistolet n'était toujours pas armé et il le pointa devant ses orteils.

Wulf atteignit Stoppard.

— Vous pensiez l'exorciser ?

— Elle est possédée, siffla Stoppard entre ses dents. On essaie de la sauver.

— Elle n'a besoin d'être sauvée de rien du tout, dit Wulf, en reculant. Cette farce est terminée. Nous partons.

— Vous ne pouvez pas !

Wulf recula vers elle, les mâchoires serrées.

Rae s'affaissa avec soulagement. Ils pouvaient partir maintenant. Ils partiraient tous et tout irait bien. Son autre main reposait encore sur son ventre.

Stoppard cria :

— Vous devez la laisser avec nous ! Pour finir l'exorcisme !

Rae surveillait l'épaule de Dieter tandis que Wulf s'approchait d'eux. Dieter visa à gauche de Wulf, vers le pasteur.

Stoppard retroussa les lèvres et cria :

— Même *votre* famille pense que vous ne devriez pas l'épouser !

Wulf s'arrêta de marcher, et ses yeux bleu foncé se tournèrent sur le côté.

— Wulf, ne l'écoute pas. Partons ! cria Rae.

Chapitre Sept

TRAHISON

ulf se retourna, les épaules tendues sous sa veste de costume noir. La salle de conférence humide empestait, des relents de sueur masculine après des heures de vociférations et de colère sur sa femme. Il s'avança sur Stoppard.

— Qu'est-ce que vous avez dit ?

— Même votre famille... répéta Stoppard.

Wulf recula, frappant le tapis de ses talons.

— *Qu'est-ce que vous avez dit ?*

— ... Pense que vous ne devriez pas l'épouser !

Wulf saisit le col de Stoppard à deux mains, le visage de celui-ci à quelques centimètres du sien. Les lumières du néon brillaient sur les joues grasses de Stoppard. Wulf jura qu'il sentait le bacon. Il grogna :

— Qu'avez-vous dit sur ma famille ?

— Ils pensent que c'est une salope et une croqueuse de diamants, et ils ont raison.

Wulf lâcha le col du pasteur. La rage maladive qui bouillait dans son sang depuis qu'il avait vu Stoppard se tenir au-dessus de Rae se déversa dans ses veines.

Stoppard cria :

« Elle n'en a qu'après les choses matérielles et... »

Wulf frappa la bouche de Stoppard de ses poings durs.

Le pasteur tomba à genoux, la tête baissée.

Le sang coulait sur les articulations de Wulf. Il avait été tenté de frapper l'homme dans cette église quelques mois auparavant, et il était satisfaisant de sentir enfin les os et la peau du pasteur se craqueler sous son poing.

Seule son éducation l'empêchait de donner un coup de pied à l'homme alors qu'il était à terre. Il grogna :

— Debout.

Stoppard cracha du sang sur le tapis et dit :

— Ils ont appelé son père et lui ont dit de faire quelque chose pour arrêter le mariage.

Wulf saisit l'arrière du col du pasteur d'une main et le remit debout.

— Qui vous a appelés ?

— Je ne sais pas ! Ils ont appelé son père !

Wulf fit tomber Stoppard et rejoint le père de Rae, Zachariah, allongé sur le sol avec Luca à cheval sur lui, son arme pointée vers sa tête.

Rae cria à nouveau le nom de Wulf, et il lui jeta un coup d'œil. Dieter avait un bras derrière lui pour la maintenir en sécurité.

Wulf releva Zachariah Stone et le tint par le col, dangereusement près de l'étrangler.

— Qui vous a appelé ?

— Il a dit qu'il était un de tes proches, dit le père

de Rae. Et il a dit que tu t'appelais Wulf, pas Dominic. Tu nous as menti.

Le cou et le visage de Wulf étaient rouges de colère.

— Vous a-t-il donné son nom ?

— Philipp.

Les temples de Wulf battaient au rythme de son cœur.

Son propre père.

Le père de Wulf avait contacté la famille de Rae et leur avait administré son poison.

Comment diable avait-il su où trouver sa famille ?

Il força ses mains à se détacher et à libérer Zachariah, bien qu'il ait été tenté de le frapper.

Zachariah Stone recula en se frottant la gorge. Luca poussa l'épaule de Stone jusqu'à ce qu'il soit à nouveau à genoux.

Wulf se retourna vers Dieter et Rae dont les doux yeux marron étaient écarquillés lorsqu'elle regarda Dieter par-dessus son épaule.

— Je n'arrive pas à y croire, commença-t-elle.

— Je vais m'assurer que cela ne se reproduise plus jamais, dit Wulf, le sang continuant à battre contre ses tempes.

— Allons-y, dit-elle. Je veux rentrer à la maison.

Wulf la prit sous son bras, la protégeant de tout ce qui pourrait se passer derrière eux. Il murmura à Dieter :

— Avec nous, et il annonça aux autres : une minute. À mon signal, sortez.

— D'autres instructions ? demanda Luca.

Wulf passa en revue les hommes malfaisants qui avaient maltraité et blessé sa femme dans cette pièce, tous à genoux ou à plat ventre sur le sol. Stoppard tenait les deux côtés de son visage.

Wulf souleva un coin de sa lèvre.

— Non. Rendez-vous aux voitures.

Dieter les suivit, en marchant à reculons et couvrant la pièce avec le pistolet. Wulf sortit son propre pistolet et releva la sécurité, le tenant à côté de sa jambe.

Il tint Rae par les épaules jusqu'à ce qu'ils soient en sécurité sur le siège arrière du SUV. Il la berça contre lui alors que Dieter montait sur le siège du passager. Leandro mit le moteur en marche.

— Attends les autres, lui dit Wulf. Puis dans son téléphone : sortez maintenant.

Cinq secondes plus tard, ses hommes sortaient en trombe et se précipitaient vers les voitures. Dès que trois d'entre eux eurent rempli le siège arrière, les portes claquèrent. Le 4x4 fit un bond alors que Leandro accélérait.

Wulf jeta un coup d'œil en arrière. Deux tireurs d'élite sprintaient depuis le parking et atteignaient l'autre 4x4 alors que le reste de l'équipe sortait de l'hôtel. L'autre SUV s'éloigna du trottoir derrière eux.

C'est seulement là que Wulf se détendit.

Quand Rae commença à pleurer contre son épaule, il essaya de la consoler, en lui murmurant en anglais :

— Reagan, tout va bien maintenant. Tu as été piégée, n'est-ce pas ?

Elle hocha la tête.

— Hester a dit que ma mère était à l'hôpital, qu'elle avait eu une crise cardiaque.

— Tu es avec nous. Tout va bien maintenant.

— Je ne pensais pas qu'ils me mentiraient. Je ne pensais pas qu'ils feraient quelque chose de pareil.

Il lui caressa les cheveux, ne voulant pas lui dire d'être plus dure, moins naïve.

— Tu ne peux pas quitter la sécurité, même pas pour un instant, même avec quelqu'un en qui tu as confiance. Il y a trop de choses qui peuvent mal tourner.

Elle hocha la tête, et le 4x4 les plaqua contre la banquette alors qu'ils traversaient la ville sous le soleil brûlant de l'après-midi.

La circulation engorgeait les routes chaudes du désert, faisant cuire l'asphalte sous les pneus. Leandro mit une heure pour les conduire à la maison, bloqué par des camions, des voitures et des 4x4. Rae sanglota tout le temps contre la chemise de Wulf qui lui caressait les cheveux, essayant de la réconforter. Il avait élevé sa sœur Flicka pendant son adolescence, il savait donc comment la rassurer sans lui mettre la pression.

Elle finit par dire :

— Je ne t'ai jamais vu aussi en colère.

Son visage s'échauffa sous le soleil du désert.

— Oh, non. Je ne me mets jamais en colère.

— Tu en avais pourtant l'air.

— J'étais juste inquiet.

Elle eut un hoquet.

— J'espère que tu ne t'inquièteras plus jamais autant pour moi.

Il lui caressa les cheveux.

— Jamais.

De retour à la maison, Wulf pria Rae de s'asseoir à la table de la cuisine avec un verre de jus d'orange en attendant que les cuisiniers lui préparent un sandwich.

Il serra la main de Dieter alors qu'ils retournaient au garage.

— La prochaine fois, « attendez que nous ayons sécurisé la pièce », cela signifie que vous devez attendre dehors, dit Dieter.

Wulf l'ignora. Ses jambes l'avaient porté toutes seules dans la salle quand il avait entendu Rae crier.

— Tu nous factureras pour aujourd'hui.

Dieter fronça les sourcils.

— Mon Dieu, non. Votre femme a été kidnappée.

— J'insiste. C'était un service professionnel. Si j'ai encore besoin de toi, je ne veux pas hésiter à faire appel à ton équipe.

— Je n'ai jamais pensé que vous hésitiez sur quoi que ce soit, *Durchlaucht*.

Wulf secoua la tête.

— Tu diriges une entreprise. Tu ne peux pas fournir des services gratuits à des gens qui, de plein droit, devraient être tes clients.

Dieter haussa les épaules.

Lorsqu'il avait monté sa structure Wulf avait conseillé Dieter sur les honoraires 'avait aidé dans ses démarches commerciales.

— Je doublerai tes honoraires habituels et les déposerai sur ton compte si je ne reçois pas de facture.

— Vous utilisez l'argent comme une arme, n'est-ce pas ?

Oh, si seulement il en connaissait l'étendue.

— L'avion partira sûrement demain. Je t'enverrai

l'itinéraire par SMS quand le plan de vol sera déposé.

Dieter fit la grimace, et il grogna pratiquement :

— Je suis sûr que ma femme sera ravie quand je lui dirai que le voyage a été retardé. Qui va rester au *Schloss Southwestern* pendant le mariage ?

— Hans s'est porté volontaire.

Dieter hocha la tête, mais ne dit rien, ses yeux gris aussi vides que la pluie froide des Alpes. Il claqua la porte du garage et marcha jusqu'à sa voiture.

De retour à l'intérieur, Wulf poussa légèrement Rosamunde sur le côté.

— Nous avons eu un problème.

— Il y a eu des coups de feu ? Quelqu'un vous a trouvé ? Sa voix avait pris un ton presque strident que Wulf avait rarement entendu.

— Non, il la rassura. Pas d'armes. Je t'expliquerai plus tard.

Rosamunde jeta un regard vers la porte de la cuisine.

— Est-ce qu'elle va bien ?

— Elle a faim. Elle tremble. Profondément bouleversée. Cependant, nous allons devoir faire appel à une société pour déménager mon père du château de Marienburg à la maison en ville.

Rosamunde baissa les yeux. Un fil gris foncé tomba de son chignon en désordre pour se poser sur sa joue.

— C'est un travail colossal.

Wulf avait volé Rosamunde à son père alors gouvernante du Schloss Marienburg, le château néo-gothique de ses ancêtres, où son père avait choisi de vivre.

— Cela posera-t-il un problème ?

Rosamunde se redressa.

— Occupez-vous de votre femme. Je m'occupe du reste.

Ils retournèrent à la cuisine.

Rae était déjà en train de manger un sandwich au poulet avec des fruits coupés en tranches. Des vaisseaux sanguins marquaient le blanc de ses yeux, mais elle mangeait de bon appétit. Leur chef, Yvonne, se tenait au-dessus d'elle, surveillant chaque bouchée.

Ah, l'efficacité allemande ! Wulf sourit et s'assit à côté de Rae, volant des morceaux de pommes dans son assiette.

Yvonne tourna son visage maigre vers lui.

— J'ai vu Dieter manger le déjeuner que je vous avais préparé. Avez-vous mangé quelque chose ?

Il haussa les épaules.

— C'est l'heure du thé. Seigneur. Yvonne se dépêcha de lui faire un sandwich.

Wulf chuchota à Rae :

— Tu tiens admirablement le coup en présence du personnel.

Des larmes transparentes se formèrent sur ses paupières inférieures.

— On a raté le vol. On ne va pas en Suisse. J'ai tout gâché.

— Nous allons reprogrammer le plan de vol pour demain. Je vais envoyer un SMS à Flicka pour qu'elle réorganise certaines choses. Il n'y a pas de quoi s'inquiéter. Il se pencha plus près. Mange. Tu as besoin de repos. Allons à l'étage.

— Je me ressaisis. Je n'ai même pas si faim que ça.

Il respira dans son cou, là où son tee-shirt rencontrait son épaule. Elle inspira un peu, et lui jeta des coups d'œil rapides pendant qu'elle mangeait.

Bien, il avait toute son attention.

Il s'assura qu'Yvonne préparait son sandwich derrière le comptoir, le dos tourné, et il passa la langue sur le cou de Rae.

Rae pencha la tête et elle gémit.

Il était inconvenant de peloter sa femme dans la cuisine, à la vue de tout le personnel.

Sa main vola jusqu'au bas de son dos, et il garda les lèvres à quelques centimètres de son cou, près de son oreille.

— J'ai envie d'être seul avec toi.

Rae s'éclaircit la gorge et regarda son assiette. Elle respirait plus vite.

Il recula juste au moment où Yvonne se retournait, une assiette à la main.

Pendant qu'il mangeait, il trouva des occasions de toucher Rae, de la caresser, pour qu'elle garde l'esprit sur sa jambe, ses mains et sa bouche, plutôt que de penser à l'après-midi.

Il mangea rapidement, et une fois qu'ils eurent fini, il fit un signe de tête à sa cuisinière et prit Rae par la main pour la conduire à l'étage.

Une des femmes de ménage arrosait les énormes fougères de la salle de réception principale, et une autre poussait une machine à vapeur sur les sols en marbre devant les hautes fenêtres donnant sur la piscine. Tout était rentré dans l'ordre.

Wulf vit Rae les remarquer en passant et la culpabilité s'empara de ses yeux doux et sombres. Elle pensait toujours qu'elle devait se joindre à elles lorsqu'elle voyait l'entretien effectué, peu importe le nombre de fois où Wulf lui rappelait que c'était le travail de ses employés. Le personnel l'aimait pour cela, alors il n'en disait pas trop. Ils savaient qu'il ne les licencierait pas, même si sa femme s'impliquait parfois.

Ils atteignirent le grand escalier qui menait à l'étage supérieur, et lorsque Wulf monta sur la première marche, il sentit son genou droit inexplicablement faible.

C'était étrange.

Rae dit :

— Je commence à sentir le contre coup. Je veux dire, c'était terrible, et je déteste un peu le monde en ce moment, mais je vais bien.

— Tu as besoin de t'allonger quelques minutes, dit Wulf.

— Je vais vraiment bien, si tu as besoin d'aller faire autre chose. J'ai beaucoup de recherches à faire. Mes profs m'en ont chargée lors de ces réunions ce matin, ce qui semble être il y a une éternité, soupira-t-elle.

—J'insiste, dit Wulf.

— Tu *insistes* ? Rae le suivit, dans l'escalier de marbre. Est-ce que tout va bien ?

— Tout va bien. Il la conduisit en haut des escaliers, chaque marche étant un peu plus difficile que la précédente, jusqu'à ce qu'ils atteignent le palier.

Il marchait le long de la balustrade, tenant toujours la petite main douce de Rae dans la sienne, tandis que les tremblements de ses jambes montaient jusqu'à sa poitrine.

— Wulf ? Il l'entendit murmurer à côté de lui. Tu trembles comme un fou. Est-ce que ça va ?

Il devait y avoir un problème avec l'air conditionné. Un vent froid soufflait à travers son costume et se précipitait à l'arrière de son col, glaçant sa colonne vertébrale et les profondes cicatrices sur son dos.

— Wulf ?

Un épais nuage noir entourait la porte de leur chambre, et il se resserrait, tourbillonnant vers l'intérieur. Il posa la main sur le bois, poussa maladroitement la porte et trébucha à l'intérieur.

Wulf rebondit sur l'une des bibliothèques qui tapissaient trois des murs, du sol au plafond. L'arc-en-ciel des livres, méticuleusement rangés par couleur, s'étala dans son champ de vision.

— Wulf ! cria Rae, quelque part loin de lui.

Il chuchota :

— Franchement, je vais bien, et il tendit les bras, en tentant désespérément de toucher ses cheveux ou sa peau.

Chapitre Huit

AU LIEU DE LA SUISSE

Rae s'agrippa à Wulf alors qu'il s'effondrait devant elle, les jambes pliées sous lui. Elle réussit à lui mettre un bras autour du cou et à ralentir sa chute, principalement parce qu'il lui tendait les bras. Sa main glissa sur sa taille au passage.

— Wulf !

— Franchement, je vais bien, marmonna-t-il.

— Non, tu ne vas pas bien ! Elle dégagea ses bras de sa taille, mais il continua à tendre la main vers elle. Ses doigts serraient son poignet et son bras. Elle lui demanda : « Tu as mal à la poitrine ? Est-ce que tu vois clair ? Tu peux respirer ? »

Il saisit son épaule et l'attira vers lui jusqu'à ce qu'elle soit couchée contre lui, la tête pressée contre sa poitrine. Sous son oreille, son cœur battait réguliè-rement, mais rapidement, très rapidement.

Elle le regarda. Ses yeux étaient fermés. Ses paupières semblaient pressées sous la douleur. Elle dit : « Tu dois me dire si tu vas bien. »

Il fit un signe de tête. Sa mâchoire était serrée et il gardait le menton collé à sa poitrine.

—Jure-moi que ta poitrine ne te fait pas mal.

Il hocha la tête, mais la serra plus fort.

Rae remua dans ses bras, approcha son visage et lui frôla les lèvres en vue d'un baiser qu'elle voulait être tendre. Il avait sûrement besoin de tendresse en ce moment, d'un toucher doux.

Les bras de Wulf se refermèrent autour d'elle, et il plaqua ses lèvres sur les siennes. Il pivota et la poussa sur l'épais tapis, en basculant sur son corps.

Oh. Il ne fallait pas un doctorat en psychologie pour comprendre que Wulf avait une seule façon de se permettre d'exprimer ses émotions. Rae rampa à reculons sur le sol et donna un coup de pied dans la porte.

Wulf se redressa et retira la veste de son costume, la jetant au loin. Il se jeta sur elle, la coinçant avec son corps. Son col était déjà ouvert, il n'avait pas porté de cravate ce jour-là, alors il arracha sa chemise par-dessus sa tête, une grimace lui plissant le front quand il tira trop sur la cicatrice de son dos.

Le désir fou dans ses yeux bleu foncé la fit sursauter quand il la saisit à nouveau, l'embrassant violemment et enfonçant sa langue dans sa bouche. Une de ses mains était emmêlée dans ses cheveux, et il déboutonna son chemisier avec l'autre.

Quand il interrompit le baiser et se pencha pour lui mordiller le cou, elle dit :

— Wulf, tu ne crois pas qu'on devrait parler...

Il lui couvrit la bouche avec sa main, tandis qu'il descendait le long de sa chemise ouverte et repoussait son soutien-gorge avec le nez.

Rae savait qu'elle devait protester à ce moment-là, que le plus sain psychologiquement pour Wulf serait d'exprimer ses émotions et de parler de ce qui s'était passé cet après-midi-là, de la façon dont cela l'avait affecté, mais sa bouche chaude trouva son sein et il fit courir sa langue sur le bout.

Un désir violent la saisit et elle se cambra contre lui en gémissant.

Ses mains devinrent plus rudes, empoignant sa chair et lui arrachant ses vêtements. Il défit la ferme-ture Éclair de son jean et tira dessus, parvenant à le faire glisser sur l'une de ses jambes pendant qu'il s'agrippait à son propre pantalon, le défaisant et écartant ses jambes avec un de ses genoux.

Elle tendit les bras pour l'amener à l'embrasser à nouveau, mais il plongea la tête entre ses cuisses et fit passer sa langue sur son clitoris, lui procurant des frissons qui ricochèrent en elle jusqu'à ce qu'elle tremble et meure de désir. Wulf remonta les mains le long de son corps, lui faisant presque des bleus sur les côtes et les épaules. Il s'installa entre ses jambes et la bouche sur la sienne, l'embrassa à nouveau en se pressant contre elle. Il tremblait encore dans ses bras quand il commença à remuer les hanches, la remplis-sant et activant le plaisir en elle.

Elle gémit contre sa bouche.

Wulf enfouit son visage au creux de son épaule, haletant, et s'enfonça plus loin. Elle souleva les hanches pour presser davantage son clitoris contre lui.

À chaque coup de reins, tout son corps se tendait davantage et elle s'accrochait à lui en réprimant ses cris. Rae serrait le cou de Wulf, son corps formant un arc tendu sous le sien tandis qu'il la pilonnait toujours plus fort. Un dernier coup implacable de son membre frotta un point idéal pour qu'elle se contracte et que la tension exercée la fasse basculer par-dessus bord.

Des vagues de plaisir la secouèrent, et elle s'accrocha à Wulf tandis que le sang lui grondait aux oreilles et que tout son corps frémissait dans ses bras. Elle sentit les muscles puissants de son dos se contracter et il respira plus fort près de son oreille.

Rae le tenait fermement et la tête lui tournait.

Wulf s'écarta en se soulevant sur les avant-bras et respira dans son cou.

— Tu ne peux pas faire faux bond à la sécurité, s'étouffa-t-il. Je croyais que tu avais été kidnappée. Elle pouvait à peine entendre ses murmures. Je pensais que tu étais peut-être déjà morte.

Elle lui caressa le dos, les côtes sous la terrible cicatrice, pour essayer de le rassurer.

— Je dirai à ma mère ce qu'ils ont fait, et elle s'assurera qu'ils ne tentent plus jamais une chose pareille.

Il l'entoura de ses bras, et la serra plus fort.

— Je t'en supplie. Reste toujours avec les gardes du corps !

— Je ne les lâcherai plus. Je te promets que je ne les quitterai plus.

Il baissa la voix. Quand Rae réussit à s'écarter pour pouvoir regarder son visage, ses yeux étaient fermés.

Il chuchota :

— Je pensais t'avoir perdue. Je pensais que tu étais partie.

Elle enroula ses bras autour de son cou et se pressa contre lui.

Elle voulait dire quelque chose de léger, quelque

chose qui le fasse rire, du genre qu'il ne pourrait pas se débarrasser d'elle aussi facilement ou qu'elle était trop têtue pour être tuée, mais il était bien au-delà de cela.

— Je ne les quitterai plus jamais.

— Flicka avait l'habitude d'échapper à la sécurité quand elle était adolescente. Elle pensait que c'était un jeu jusqu'à ce qu'un homme ne la force à monter dans une voiture. Mes hommes la firent sortir juste avant qu'il ne démarre.

Rae dit dans un hoquet :

— Oh mon Dieu.

Ses dents étaient si serrées que sa mâchoire saillait sur les côtés.

— Je ne supporterais pas de te perdre.

Chapitre Neuf

ULTIMATUM

*P*lus tard dans la soirée, alors que Rae dormait, Wulf s'assit de nouveau dans son bureau, seul, les yeux sur l'écran vide et son téléphone portable à l'oreille. Il était tard en Allemagne, aux environs de minuit.

Des battements d'ailes inhabituels palpitaient encore dans sa poitrine. Il avait chaud au visage, mais il garda une voix calme et grave. :

— Pensiez-vous que je ferais des menaces en l'air ?

— Ne me menace pas, lui répondit son père, Son Altesse Sérénissime, le Prince héritier de Hanovre, Philipp Augustus.

Wulf avait tendance à utiliser tous les titres de son père dans sa tête par habitude, car lorsqu'ils étaient enfants, l'un ou l'autre des domestiques les avaient toujours présentés à leur père, lui et son frère jumeau, en utilisant tous leurs titres. Ils restaient là, sans bouger, et attendaient que cela se termine.

— Les camions arriveront dans deux jours pour vous emmener avec vos affaires au Kaiserhaus, en ville. Vous aurez un minimum de personnel. Votre allocation sur les trusts sera réduite de deux tiers.

— Tu n'oseras pas, cracha son père.

Wulf était trop en colère pour être satisfait.

— Si, absolument.

— Constantin ne m'aurait jamais fait ça.

L'épaisse masse de tissu cicatriciel sur le dos de Wulf l'empêchait de se pencher sur la chaise du bureau aujourd'hui.

— Constantin est mort.

— Il aurait fait un bien meilleur prince.

C'était une vieille tactique, à laquelle Wulf ne faisait pas trop cas.

— Vous avez rencontré Constantin trente et une fois exactement, avant qu'il n'ait neuf ans.

— Et pourtant, je sais qu'il aurait été un bon prince et un bon roi. Il avait une présence royale, une autorité naturelle.

Wulf en avait fini avec cette phrase. Il baissa la voix.

— Si jamais vous vous immiscez à nouveau dans nos vies, avant le mariage ou après, je ferai des coupes bien plus draconiennes. Est-ce parfaitement clair ?

—J'ai compris.

Et pourtant, son père avait un ton dédaigneux, comme s'il ne croyait pas que tout cela allait arriver.

— Restez en dehors de nos vies. Ne me contactez pas, ni personne à propos de Rae. Comment saviez-vous où était sa famille, et comment saviez-vous que nous allions skier la semaine dernière ?

— ça t'intéresse hein ?!

Wulf pouvait entendre le ricanement de son père à travers l'océan Atlantique.

Cela n'avait pas d'importance.

— Si vous agissez sur la base d'une autre information, peu importe comment vous l'obtenez, il y aura d'autres répercussions.

— Le reste de la famille ne permettra pas que cela se produise.

Quelques années auparavant, cela aurait peut-être été vrai, mais ils avaient vu le budget de fonctionnement du château de Marienburg, et la plupart avaient réalisé qu'un changement du statut de son père signifierait une augmentation significative de leurs dividendes provenant des trusts familiaux.

— Détrompez-vous !

— Ils te destitueront de ton titre à la tête de la dynastie.

— Lancez-vous donc dans la course. On verra jusqu'où vous irez.

— Tu ne peux pas épouser cette femme de la plèbe ! Je ne vous accorderai pas le statut d'un mariage royal !

— Elizabeth l'a déjà fait. C'est elle qui a l'autorité, et nous sommes légalement mariés depuis des mois. Nos enfants porteront vos titres, et si, Dieu nous en préserve, nous sommes un jour rétablis pour la couronne, ils s'assiéront sur votre trône. J'en ai assez de ces absurdités. Vous avez toujours été sans importance dans ma vie. Maintenant, faites-vous aussi absent dans notre vie que vous l'étiez quand j'étais enfant.

Wulf fit glisser son pouce et coupa la communication.

Cette fois, il jeta le téléphone contre le mur.

Il se brisa en mille morceaux dans la faible lumière du bunker.

Chapitre Dix

TÉNÈBRES

*D*ans l'ombre de la forêt allemande, là où les arbres sont les plus épais, une voix de femme murmura le nom de Wulf. Il se retourna, scrutant l'obscurité.

Wulf ouvrit les yeux dans la nuit. Les chiffres bleus et brillants du réveil indiquaient deux heures cinquante.

— Wulf ?

Il s'étira et se retourna, donnant des coups de pied dans les draps serrés autour de sa jambe.

— Oui ? Tu as besoin de moi ?

La respiration tremblante de Rae le réveilla complètement en sursaut.

Sa voix était étouffée.

— Je saigne.

Il l'entoura de ses bras et la serra fort alors que son cœur s'accélérait.

— On va aller tout de suite à l'hôpital. Lève-toi. Avec précaution. Nous n'avons pas besoin d'une chute pour aggraver la situation. Il prit ses petits doigts dans les siens et murmura encore : je t'aime. Sache-le : je t'aime.

Partie Six

ÉPILOGUE 6 : À L'HÔPITAL

Milliardaires Incognitos : Wulf et Rae

Chapitre Un

L'HÔPITAL

*R*ae était allongée sur le dos, sur une table médicale dans une pièce toute sombre de l'hôpital. Elle respirait à peine pour que les mouvements de son abdomen ne viennent pas perturber l'échographie. Le ventilateur de l'ordinateur tournait doucement, et la technicienne chantonnait pour elle-même tout en faisant glisser le transducteur d'une main sur la gelée froide sur l'abdomen de Rae en pianotant de l'autre sur son clavier. La femme aux grands yeux noirs qui s'était présentée comme Madra, fixait l'écran de l'ordinateur. La faible lueur éclairait son visage, glissant sur sa peau caramel.

— Je ne dois rien vous dire parce que le médecin interprète les scanners, mais je vois un cœur battre.

— C'est bien ? demanda Rae, juste pour s'assurer que le fait de le voir n'était pas grave justement.

— C'est très bien. Madra se remit à taper sur les touches du clavier.

Rae regarda Wulf, assis à côté d'elle et lui tenant la main gauche, et ses doigts se serrèrent légèrement autour des siens. Dans la faible lumière de l'écran qui luisait dans la pièce, ses yeux bleu foncé étaient devenus presque noirs, et des reflets bleu pâle scintillaient dans ses cheveux blonds.

— Vous voulez l'entendre ? demanda soudain Magda.

— Euh, oui ? dit Rae.

La radiologue passa la souris sur quelque chose à l'écran et cliqua dessus. Une oscillation rapide emplit la pièce, comme si on écoutait le battement de cœur hyper rapide d'une souris.

Les lèvres de Wulf s'écartèrent, et il cligna des yeux en entendant le son. Il regarda en l'air et tout autour de lui comme pour chercher le bruit rapide qui remplissait l'espace.

Ces légers mouvements étaient une énorme réaction de la part de Wulf. Elle lui serra les doigts, écoutant les battements de cœur de leur bébé tout autour d'eux, tout en priant pour que ce ne soit pas la dernière fois.

La radiologue tapa sur quelque chose, et le son s'envola. Elle regarda son téléphone.

— OK, j'ai fini. Voilà le docteur.

La porte s'ouvrit, et une grande femme svelte entra en faisant bruisser sa blouse blanche de médecin.

— Bonjour, je suis le Dr Chen, dit-elle.

Madra leva les yeux.

— Ni hao, dit-elle

Le Dr Chen cligna des yeux, et fit une petite grimace.

— Ni hao, Madra. Elle jeta un coup d'œil à Rae. Madra m'apprend le mandarin. Maintenant, je suppose que vous avez entendu que nous avions un battement de cœur.

Rae hocha la tête.

« Voyons ce que nous avons d'autre ici. Madra quitta son siège, et le Dr Chen s'assit pour prendre la relève et scanner le ventre de Rae. Le petit transducteur étala le gel frais sur sa peau. Oui, c'est faible.

Madra fit un signe de tête.

—J'ai marqué ça sur certains clichés.

— Tu as raison. Bien vu. Elle se tourna vers Rae, tout en continuant à parcourir son ventre avec la sonde à ultrasons. C'est pour ça que je suis venue. Madra a découvert que la grossesse était très basse dans l'utérus. Le placenta recouvre partiellement le col de l'utérus.

À côté d'elle, Wulf se déplaça sur sa chaise, et sa main se resserra sur la sienne.

Rae résista à l'envie d'enrouler ses bras autour de son ventre.

— Et ça veut dire ?

Le médecin souleva le transducteur, l'essuya, puis utilisa une lingette propre pour nettoyer le gel aqueux sur l'abdomen de Rae.

— Le *placenta praevia* est une affection très grave. Elle peut avoir diverses origines et souvent juste le hasard de l'endroit où l'embryon s'implante lorsque vous tombez enceinte pour la première fois. Je tiens à souligner ce point, cela peut être grave. Si nous pouvons vous amener à terme ou vous en rapprocher, il n'y aura aucun danger pour le bébé. Cependant, vous pourriez avoir des complications, Comme par exemple une sévère hémorragie. Le Dr Chen jeta un coup d'œil à une autre fenêtre sur l'écran. On a réussi à arrêter les saignements, n'est-ce pas ?

Rae hocha vigoureusement la tête, secouant presque son cerveau dans sa tête, et remonta son pantalon de pyjama jusqu'à sa taille.

Le Dr Chen la regarda fixement, soulignant ce qu'elle disait.

« Si vous recommencez à saigner, même très peu, venez ici tout de suite. Je n'insisterai jamais assez sur ce point. Cela peut être très dangereux pour votre vie et votre santé. Vous pourriez saigner et mourir très rapidement. Compris ? »

Rae fit un signe de tête et jeta un coup d'œil à Wulf. Encore une fois, son expression immuable était sérieuse, mais il semblait écouter les informations, et c'était tout.

Ses mains racontaient une autre histoire. Il les avait enroulées autour de celles de Rae, enfermant complètement ses doigts, car protéger ses mains était tout ce qu'il pouvait faire à ce moment-là.

— Est-ce une situation où nous devons prendre une décision ? demanda-t-il.

— Est-ce que c'est quelque chose que vous avez envisagé de toute façon ? demanda le Dr Chen.

— Non, répondirent Rae et Wulf ensemble, sa voix de soprano et sa voix de basse à l'unisson. Mais si la grossesse la met en danger... poursuivit Wulf.

— Pas encore. À ce stade, une attention vigilante suffit.

Wulf hocha la tête, lentement, et réussit même à ne pas cligner des yeux.

Rae demanda au docteur :

— Alors, que faisons-nous ?

— Désolée, dit-elle en grimaçant, mais c'est l'alitement. L'alitement complet. Surtout sur le côté gauche quand votre ventre grossira. Et vous aurez besoin d'une césarienne à la fin. L'accouchement par voies basses est trop risqué, beaucoup trop risqué.

Oh, merde.

— Et l'université ?

Le docteur eut l'air coupable et haussa les épaules.

— Je suis désolée. Vous devrez rester allongée tout le temps. J'étais en fac de médecine quand j'ai dû prendre trois mois de repos au lit pour mon premier, du coup, j'ai fait un projet d'étude indépendant en vue d'une maîtrise. Vous pouvez essayer de faire quelque chose comme ça. Maintenant la bonne nouvelle…

— Ouais ? Rae était vraiment prête pour les bonnes nouvelles.

— J'ai vu beaucoup de cas comme ça. Certains placentas recouvrent complètement le col de l'utérus. Elle claqua les mains comme un coup de tonnerre. Le vôtre n'est pas trop mal placé. Son implantation sur la paroi utérine est plus éloignée du col que certaines que j'ai vues. Peut-être que ça pourrait se corriger tout seul.

Rae soupira de soulagement.

— Dites-moi comment faire.

— Ce n'est pas quelque chose que vous pouvez faire. Quand l'utérus s'élargit, il gonfle comme une montgolfière qui décolle du sol. Il est possible que le placenta se décolle du col de l'utérus. Si cela se produit, nous pouvons réduire ou éliminer l'alitement, mais préparez-vous à ce que cela dure au moins un mois, et cela pourrait être toute la grossesse.

— Ah bon ? Les yeux de Rae faisaient des allers-retours entre Wulf et le médecin.

— Oui, et en plus de l'alitement, il y a toutes les précautions habituelles, dit le médecin, en se levant et en ajustant sa blouse. Pas de bains. Pas d'effort. Pas d'exercice. Pas de rapports sexuels.

— Je vous demande pardon ? demanda Rae

Un des sourcils blonds de Wulf se souleva tandis que l'autre s'abaissait.

Le Dr. Chen continua :

— Rien qui puisse perturber votre col de l'utérus de quelque façon que ce soit. Sérieusement. Vous pourriez mourir. Et aucun trajet en voiture de plus d'une demi-heure.

— Mais nous partons demain pour la Suisse !

Pour nous marier, mais Rae ne dit pas ça au docteur.

La belle-sœur de Rae, Flicka, préparait le mariage religieux de Rae depuis des mois, depuis qu'elle était rentrée de sa propre lune de miel. Les décorations étaient déjà en train d'être montées dans la salle de bal d'un hôtel de Montreux pour la réception. La robe de Rae, qui était beaucoup plus ajustée qu'elle ne l'aurait jamais imaginé, avait été reprise trois fois et se trouvait déjà en Suisse avec Flicka. Des jets privés étaient alimentés en carburant dans le monde entier. Les fleuristes suisses importaient des chargements de fleurs pour décorer l'église et la réception.

Le Dr Chen secoua la tête.

— Désolée. Vous n'allez nulle part. Certainement pas en avion.

Oh, non. Le désespoir envahit la poitrine de Rae et lui serra la gorge. Elle déglutit.

Après le départ du médecin et de la radiologue, Rae se tourna vers Wulf.

— Je suis vraiment désolée.

Ses mains se serrèrent autour des siennes.

— Je ne vois pas pourquoi.

— Pour tout. Pour ne pas avoir pu faire ça correctement. Pour avoir gâché le mariage. Parce que maintenant, on ne peut même plus... tu sais. Pour *tout*.

— Ce n'est pas de ta faute.

— Comment vais-je le dire à Flicka ? se demandait Rae, horrifiée à l'idée. Des larmes commencèrent à couler.

Wulf ferma les yeux et chuchota :

— C'est moi qui vais le dire à Flicka. Je m'en fiche. Je ne me soucie pas de tout ça. Je ne peux pas te perdre. Je dois te garder en sécurité et je ne sais pas comment faire.

Rae retira ses mains des siennes et glissa ses mains le long de ses bras.

— Tu ne me perdras pas.

Il se pencha sur elle, en la tenant doucement.

— Je pense qu'on devrait réessayer dans quelques mois ou quelques années.

L'image du bébé aux yeux bleus cristallins et à la tête blonde et soyeuse lui vint à l'esprit.

— Non ! Elle glissa une main sur son ventre. Non. Je veux tellement ce bébé.

Il soupira, chaudement contre son épaule.

— Je veux que d'autres médecins t'examinent. Il recula, et ses yeux d'un bleu profond se durcirent. Je m'assurerai qu'ils examinent tes échographies demain. Je veux savoir exactement quel est le risque avant de prendre une décision finale. Et nous pouvons prendre des décisions. Plusieurs décisions.

— Je veux ce bébé, répéta Rae.

— Il y a d'autres décisions à prendre, dit Wulf, et sa voix prit un ton autoritaire, comme savoir où se trouvent les meilleurs médecins, quels sont les traitements les plus modernes, comment je peux te protéger au mieux.

Chapitre Deux

DIETER ET WULF

*L*e bambin gémissait sur le siège arrière, et Dieter regarda dans le rétroviseur en conduisant.

La petite de quinze mois était plus en colère d'être retenue assise qu'autre chose, à l'opposé de l'état d'esprit de Dieter, mais sa colère grandissait de minute en minute.

À l'extérieur du 4x4 noir de Dieter, les longues files de voitures sur les cinq voies de l'autoroute semblaient trembloter dans la chaleur. Même les cactus sur les bas-côtés se ratatinaient à cause du soleil implacable qui frappait le béton et le goudron.

Il serra les poings sur le volant et appuya sur un bouton pour parler.

— Appelez *Durchlaucht*.

Une sonnerie retentit dans la voiture, faisant sursauter la petite. Elle geignit plus fort, son cri stri-dent lui tapant sur les nerfs.

Wulfram von Hannover, son précédent employeur, répondit au téléphone.

— Oui, Dieter ?

Les mots tombèrent de la bouche de Dieter, laissant un goût amer sur sa langue.

— Elle m'a quitté, Wulfram. Je ne sais pas quoi faire.

— Qui ça ?

La voix de Wulfram sortit des haut-parleurs stéréo comme si l'homme était tout autour de lui.

Dieter passa à l'alémanique.

— *Gretchen !* Je suis rentré chez moi. Ses vêtements n'étaient plus là. Les comptes bancaires ont été vidés, les comptes personnels et les comptes professionnels. Tout a disparu. Ça représente des millions. Elle est partie.

— Où est Alina ? demanda Wulfram.

La petite cria en entendant son nom, de plus en plus en colère.

— Gretchen l'a laissée chez un voisin et m'a dit où la trouver. Vous imaginez le manque de cœur ? Gretchen a laissé un mot collé sur notre télé, me disant où se trouvait mon enfant, chez un voisin ! Nous ne connaissons même pas ce Lupe si bien que ça. Est-ce que Hans travaille aujourd'hui ?

Le silence à l'autre bout de la ligne en disait bien plus à Dieter que ce qu'il voulait savoir.

Il cogna son poing sur le volant.

— C'est Hans, n'est-ce pas ?

— Je ne suis pas sûr, dit Wulfram. Il a remis sa démission cet après-midi, avec effet immédiat. J'étais pris par ailleurs et j'ai juste lu la lettre. Il a dit que c'était une affaire privée et a demandé qu'elle soit traitée discrètement.

— Cette affaire privée, c'était ma femme !

— Viens à la maison, Dieter. On va s'occuper de toi et d'Alina.

— Je n'ai pas besoin de venir, Wulfram. Je peux me débrouiller tout seul.

— Bien sûr que tu peux. Viens, c'est tout. On va prendre un verre ou deux. Frau Keller peut t'aider avec Alina pendant un moment. Laisse-nous t'aider.

— L'argent était pour l'agence de sécurité. Des millions ! Sans ça, je ne peux même pas payer mon personnel cette semaine. Je ne peux pas rembourser le prêt que vous m'avez accordé.

— Il y a des lois, Dieter. Elle n'a pas droit à grand-chose. Nous récupérerons tout ça. En attendant, je t'aiderai pour tout ce dont tu auras besoin. Où es-tu, là ?

Le soleil bouillant du désert était encore au-dessus de l'horizon, mais il grandissait à l'approche des montagnes, son feu menaçant de rouler sur le désert sec et de tout engloutir.

— Sur l'autoroute, en direction de l'aéroport.

— Où comptes-tu aller ?

— Je ne sais pas. À leur poursuite ? Le soleil éblouit le pare-brise arrière de la voiture devant Dieter, une soudaine éruption de lumière blanche. L'autoroute et les embouteillages se brouillèrent, et Dieter se frotta les yeux avec le dos de la main.

— Sais-tu où elle et Hans sont partis ? demanda Wulfram.

— Ils se dirigent sans doute vers l'aéroport. Ils prendront probablement l'avion pour s'enfuir, pour que je ne puisse pas les trouver. Je ne sais pas où ils sont !

— Peu importe où ils sont allés, tu ne peux pas les poursuivre pour te venger avec un bébé sur le siège arrière. Prends la prochaine sortie. Viens à la maison.

— Vous ne pensez pas qu'il lui ferait du mal, n'est-ce pas ? Vous ne pensez pas que c'était une question d'argent pour lui, et que maintenant il va lui faire du mal ?

Wulfram soupira.

— Je suis désolé, Dieter. D'après le peu que Hans a dit, il ne semblait pas s'agir d'argent. J'ai besoin que tu viennes à la maison, maintenant.

— Très bien. Je prends la sortie.

— Bien. Je vais rester en ligne pour pouvoir t'avertir du développement. On va s'occuper de ça discrètement.

— Rae peut-elle m'aider avec Alina ?

Il aimait bien Rae. Elle était gentille et douce d'une manière qui le calmait lui aussi. Il pouvait lui faire confiance.

— Il y a eu un problème. Elle est alitée, et elle ne doit pas être dérangée.

Dieter fut choqué.

— Est-ce qu'elle va bien ?

— Pour l'instant. Et nous espérons que tout ira bien.

— Mon Dieu, Wulfram. C'est à cause d'hier, à l'hôtel ? Est-ce que c'est pour ça que j'ai reçu le mail laconique de votre sœur à propos du mariage retardé ?

Le monde entier tournait au chaos.

— Malheureusement, oui, au moins pour la deuxième partie. Pour Alina, je vais demander une faveur à Frau Keller pour ce soir, et nous engagerons une nounou dès demain. J'avais prévu d'engager du personnel pour la naissance de notre enfant, alors ça ne te dérange pas si j'utilise Alina comme cobaye pendant quelques mois, n'est-ce pas ?

— Vous plaisantez dans un moment pareil, *Durchlaucht* ?

— J'ai de la glace arctique au lieu de sang bleu, tu sais bien. Tu me l'as dit trop souvent. Tu as déjà pris la sortie ?

Dieter tourna le volant et descendit la rampe de l'autoroute jusqu'à un feu rouge.

— Oui.

— Et tu es en route pour la maison ?

Scots Road, qui menait au lotissement de l'Apache Tears Ranch, déroulait une ligne sombre entre les salons de bronzage et les bâtiments vers les montagnes bleues et imposantes.

— Oui, *Durchlaucht*.

— Bien. Continue de rouler. Conduis prudemment. Parle-moi de ce dont tu as besoin pour les prochains jours.

— Je dois aller chercher Gretchen !

Ils avaient eu leurs disputes et leurs différends, mais la poitrine de Dieter n'était plus qu'os brisés et viande hachée. Il avait pensé qu'ils formaient une famille, un foyer pour leur enfant, et maintenant le ciel même semblait se déchirer.

— Tu devras rester avec nous au moins quelques jours. Peut-être plus longtemps. Yoshi est ici aussi, donc la table sera complète.

Dieter ricana. La salle à manger de Wulfram pouvait accueillir confortablement quarante personnes.

— Où es-tu maintenant ? demanda Wulfram.

— Je me dirige vers le nord sur Scots Road. Sur le point de tourner sur Range.

— H.A.P ?[1]

Dieter jeta un coup d'œil au GPS sur son téléphone.

— Six heures trente-trois.

— Attends. Un bruissement remplit le 4x4 noir de Dieter, et on étouffa un marmonnement d'une main sur l'autre téléphone. Très bien. Nous aurons bientôt tout le nécessaire ici. Dis-moi ce dont tu as besoin pour l'agence la semaine prochaine.

Dieter soupira, et ses mains se relâchèrent sur le volant.

La raison s'imposa finalement dans son esprit.

Il se pencha vers le siège passager, sortit du sac à couches un biberon d'eau que son voisin Lupe lui avait donné et le tendit vers le siège arrière. De petites mains le saisirent, et une succion bruyante remplaça les pleurs.

— C'est surtout de l'argent, *Durchlaucht.* Je dois payer mon personnel ce vendredi, plus le prêt pour le bureau et l'entrepôt.

—Je vais m'occuper de ça. Autre chose ?

— Je ne sais pas ce que deviendra ma fille sans mère. Le mot de Gretchen disait qu'elle ne voulait plus rien avoir à faire avec nous, qu'elle devait être libre de vivre sa propre vie.

— Nous allons contacter un avocat demain pour établir la séparation et la garde exclusive, et je sais certaines choses sur l'éducation d'une enfant sans mère. C'est difficile, mais Flicka a bien tourné.

— Oui, c'est vrai.

À part quelques bêtises d'adolescente et des faux pas d'étudiante, Flicka avait en effet bien tourné. Elle dirigeait plusieurs organisations caritatives avec l'efficacité d'un PDG et avait exprimé son intérêt de suivre un MBA. Mais maintenant que Flicka avait épousé l'héritier de la Principauté de Monaco, elle ne pourrait probablement pas le faire ni continuer à faire de la musique.

Dans les haut-parleurs du SUV, Wulfram déclara :

— Nous allons tout arranger, Dieter. Où es-tu maintenant ?

Un long portail en fer barrait la route. Dieter stoppa le véhicule devant et brandit son portefeuille ouvert. Un garde sortit de la guitoune climatisée et se dirigea vers son véhicule.

— Je suis au portail du lotissement. Je serai là dans quelques minutes.

Dès que Dieter eut baissé sa vitre teintée, le garde lui fit un sourire et tendit le bras vers le portail, en se retirant rapidement dans la guitoune. La chaleur implacable tout autour d'eux s'engouffra par la fenêtre ouverte du 4x4, et il faisait bien trop chaud pour rester longtemps sur l'asphalte. Dieter était entré et sorti par cette porte tous les jours, plusieurs fois par jour, pendant des années. Le gardien s'appelait Gary, et il avait deux fils qui jouaient au football.

Wulfram dit aussi clairement que s'il était assis sur le siège du passager :

— Friedhelm te rejoindra à la grille pour t'escorter dans l'allée. De quoi d'autre as-tu besoin ce soir ?

—Juste un endroit pour me reposer, *Durchlaucht.*

— C'est prévu.

Dieter tourna dans une allée. Un second portail glissa en douceur devant lui. Un autre 4x4 noir tournait au ralenti en l'attendant.

Alors que Dieter suivait l'autre 4x4 dans la

longue allée menant à la maison de Wulfram, les climatiseurs semblaient souffler de l'air plus froid, rafraichissant son visage.

Wulfram et lui se soutenaient mutuellement depuis cette longue nuit dans la caserne de l'armée suisse. Dieter avait vécu sa première liaison désastreuse, et Wulfram l'avait écouté parler cette nuit-là, toute la nuit, plutôt que de le quitter parce qu'il aurait pu faire quelque chose de très stupide. Ils avaient convenu que Dieter avait un goût affreux pour les femmes, car il avait été attiré par la sauvagerie et l'abandon d'Ira, et ils avaient convenu qu'il était tombé amoureux trop vite et trop fort, s'oubliant complètement dans cette relation.

Cette soirée ressemblait déjà à une horrible rediffusion de cette nuit-là.

L'alcool serait probablement meilleur que cette espèce de tord-boyaux de vodka finlandaise que Dieter avait fait passer en contrebande dans la caserne suisse tant d'années avant.

Dieter et Wulfram partageaient une longue amitié, plus de douze ans maintenant. Ils avaient pointé des fusils sur les mêmes cibles et avaient vu ces cibles les viser à leur tour. Après leur départ de l'armée suisse, Dieter avait dirigé le service de sécurité de Wulf pendant une décennie, et Dieter était conscient qu'il avait eu la vie de Wulf entre ses mains chaque jour. Wulfram avait été le témoin de Dieter lorsqu'il avait épousé Gretchen deux ans auparavant. Pour sauver la vie de Rae, ils avaient tué deux hommes, les avaient visés depuis une haute colline en utilisant leurs compétences de l'armée suisse, et ils s'étaient saoulés quelques nuits plus tard pour combattre leurs démons ensemble.

Dieter avait défendu Wulfram lorsqu'il avait épousé civilement Rae à Paris quelques mois plus tôt et il serait son témoin à son mariage religieux quand il aurait lieu, s'il avait lieu.

Rien ne pouvait rompre leur lien profond.

Enfin, presque rien.

Partie Sept

ÉPILOGUE 7: MONTREUX

Milliardaires incognitos : Rae et Wulf

(C'EST LE DERNIER, JE LE JURE)

Chapitre Un

CONCORDE

Rae Stone-von Hannover

*L*e jeudi matin, Wulf, Rae et leurs hommes en costume noir se tenaient à l'intérieur du terminal privé de l'aéroport, celui auquel Rae s'habituait peu à peu. La lumière du soleil de l'Ouest américain se déversait sur le tarmac, faisant jaillir des éclats argentés des avions sur la piste.

Rae glissa sa main dans les doigts de Wulf, et il caressa ses articulations avec son pouce.

Derrière eux, les gars de la sécurité qui entouraient toujours Wulf, et maintenant Rae, s'étaient divisés en deux groupes.

Il y avait toujours des menaces.

Un groupe d'hommes vigilants se tenait toujours autour de Rae et Wulf dans le terminal. Elle avait été kidnappée un mois auparavant, et les gars étaient en état d'alerte maximale depuis. Rae avait été enlevée par sa propre famille pour un étrange rituel d'exorcisme destiné à lui faire oublier Wulf ou quelque chose comme ça, et tout le fiasco avait été orchestré par le père manipulateur de Wulf, qui avait, *on ne sait comment*, pris contact avec la famille de Rae.

Et avant cela, en juin, *on ne sait comment*, le père de Wulf avait su que lui et Rae allaient skier en Argentine, et il avait manipulé les ex-copines de Wulf pour qu'elles y aillent et tentent de l'éloigner d'elle.

Le père de Wulf continuait à trouver des moyens d'interférer malgré la légion d'équipes de sécurité qui étaient la force paramilitaire privée de Wulf. En effet, il les appelait la *Welfenlegion*, une petite blague entre eux. Bien qu'ils soient très bien entraînés et toujours très vigilants, lorsqu'ils quittaient leur service, le groupe qui avait été recruté principalement à l'époque où Wulf faisait partie de la Garde suisse devenait plutôt une sorte de clan.

Un autre groupe d'hommes était assis sur des chaises avec la cheffe du personnel de maison, Frau Rosamunde Keller. La femme entre deux âges, les cheveux attachés dans un chignon gris en désordre leur faisait la leçon et faisait référence à une feuille de papier pendant qu'elle parlait. Ce petit chignon était la seule chose qui n'était pas parfaitement régentée chez elle. Alors que les agents de sécurité étaient pour la plupart des amis et des collègues de Wulf, qui avait passé deux ans dans l'armée suisse, Rosamunde était allemande et avait travaillé pour le père de Wulf pendant plus de deux décennies avant qu'il ne la dérobe pour qu'elle dirige sa propre maison à l'âge de quinze ans.

Oui, Wulf était entièrement seul depuis qu'il avait quinze ans.

Rae sourit. Mme Keller et Wulf avaient une relation très formelle, mais très affectueuse aussi, et elle avait gentiment guidé Rae pour qu'elle ne fasse pas de gaffes de plouc dans la société stratosphérique où vivait Wulf. Par deux fois, lors de dîners, Rae avait demandé conseil et soutien moral à Mme Keller et avait obtenu les deux.

Elle reconnut l'agenda à code de couleur que Mme Keller tenait, l'agenda de leur mariage que la sœur de Wulf, Flicka, avait envoyé la veille, détaillant où Wulf et Rae devaient se trouver à chaque moment de la cérémonie religieuse et de la réception du soir. Dans la section "Notes" pour la procession pendant la cérémonie, Flicka avait écrit : « Assurez-vous de bien regarder et de reconnaître TANTE E.R dans la PREMIÈRE rangée. Elle ne sera pas présente à la réception. »

Les bagues de Rae pesaient sur sa main gauche, même si la pierre principale de sa bague de fian-çailles était un grenat bleu de taille modeste entouré de diamants. Bien que semblant petite, elle valait plus de quatre millions de dollars. De toute évidence, les grenats bleus étaient plutôt rares.

Les bagues lui pesaient.

Mais surtout, la pensée de tout l'argent de Wulf lui pesait.

Toute sa vie, Wulf avait géré des chiffres aussi farfelus, et des chiffres bien plus farfelus encore. Tous ces zéros ne lui avaient probablement jamais pesé.

Mais sa vie avait été tellement tellement diffé-rente de la sienne. Elle avait été élevée dans un ranch près de la frontière mexicaine et maintenue dans l'ignorance par une secte fondamentaliste jusqu'à ce qu'elle insiste pour aller à l'université.

Wulf avait reçu une éducation de classe interna-tionale dans un internat suisse, avait obtenu un doctorat à Londres et enseigné l'économie à l'université de Chicago.

Oh oui, et Wulf était un prince honnête devant Dieu, et un prince sacrément beau, aussi, bien qu'il n'ait pas mentionné *le truc sur le prince* quand ils s'étaient rencontrés. Il avait des cheveux blond doré, un léger bronzage doré sur tout le corps, des hautes pommettes et une mâchoire saillants comme le diamant. Il semblait que toute cette royauté et cette richesse soient ancrées dans sa peau et son corps.

Elle se demandait encore s'il ne cachait pas d'autres choses qu'elle devait savoir. Autre que l'argent. Et les titres. Et le château.

Oui, Wulf possédait un vrai château, le Schloss Marienburg, en Allemagne.

Et il lui était arrivé des choses terribles quand il était enfant et personne vers qui se tourner.

Malgré l'intolérance et le sectarisme de sa famille et ses exigences sur le fait de ne jamais penser au-dessus de son rang, au moins quand elle était enfant, elle savait que les siens l'aimaient.

Wulf n'arrêtait pas de dire qu'elle s'habituerait à cette histoire d'argent, mais Rae portait toujours avec défi son sac à main qui lui avait coûté onze dollars en solde. Il était bleu. Elle aimait le bleu.

C'était le même bleu saphir foncé que les yeux de Wulf, quand il se pencha vers elle en souriant à peine et en disant :

— J'ai vraiment hâte de te montrer la Suisse.

— Mais la Suisse est si loin, dit Rae, en ajustant son sac à main sur son épaule et en plaçant son autre bras sur son ventre, comme si cela permettait de garder le petit embryon en toute sécurité dans son utérus.

Eh oui, elle était enceinte. Une sorte d'accident. Mais très désiré.

Très, très désiré.

Un petit bébé aux yeux bleus cristal et aux cheveux dorés de Wulf, qui rirait comme Wulf le faisait si rarement.

Désespérément désiré.

L'embryon s'était logé trop profondément dans son utérus lorsque Rae avait été mise enceinte, un état appelé *placenta praevia*, ce qui signifiait qu'elle était sur un foutu lit depuis qu'elle avait commencé à saigner une nuit. Alors qu'elle commençait à être légèrement ronde, le médecin lui avait dit que le placenta se soulevait, ce qui était une bonne chose et lui avait permis de voyager, mais ils devaient quand même faire très, très attention. Le médecin leur avait fait la leçon à tous les deux sur le risque qu'elle courait pour sa propre vie, mais Rae ne voulait même pas parler de décisions.

C'est ce qu'elle voulait désespérément.

Ces derniers jours, il semblait que leur mariage religieux, qui semblait condamné à tout moment, allait avoir lieu. D'abord, le très aristocratique père de Wulf avait tenté à deux reprises de saboter leur mariage, puis ce problème de *placenta praevia* avait cloué Rae au lit et l'avait empêchée de voyager.

Ce mariage pourrait peut-être bien avoir lieu s'ils pouvaient se rendre en Suisse.

D'ici le samedi.

Ce qui voulait dire dans deux jours.

Et il fallait qu'ils y aillent, sinon la sœur de Wulf, Flicka, les tuerait. Sérieusement. Flicka avait tellement bossé pour organiser ce mariage, si vite, et pour en faire l'événement social de la saison, qu'il serait tout à fait justifié qu'elle enroule ses jolis petits doigts de princesse autour de leurs cous et qu'elle les serre s'ils lui faisaient faux bond.

« Le médecin a dit que je ne devrais pas prendre l'avion pendant plus de trois heures, » poursuivit Rae.

Wulf acquiesça, la lumière du soleil scintillant sur ses cheveux blond doré.

— Et donc, nous ne le ferons pas.

— Mais la Suisse est à environ 8000 km d'ici. On ne peut pas y aller en trois heures ! Rae était en train de jacasser. Elle se détestait quand elle jacassait. Wulf n'avait pas l'air de s'en soucier, ou du moins il n'était pas perturbé, mais rien ne le perturbait. Pas même son bavardage intempestif.

Mon Dieu, il fallait qu'elle arrête ça.

— On va se reposer pour la nuit dans le New Jersey, et on va faire un check-up là-bas. Le lendemain, nous continuerons vers Genève.

— Le New Jersey n'est pas à trois heures. C'est plutôt cinq ou six heures ou quelque chose comme ça.

Non pas qu'elle ait déjà pris l'avion pour le New Jersey. Elle ne faisait que supposer.

Il la regarda du coin de l'œil.

— Pas si on vole assez vite.

— À quelle vitesse va-t-on voler ?

— Vite aujourd'hui, plus vite demain quand on sera au-dessus de l'océan. Ses yeux bleu foncé riaient pratiquement, et il mordit sa lèvre inférieure.

Il se passait quelque chose.

— Qu'est-ce que j'ai manqué ? lui demanda-t-elle.

— Rien, dit-il. Ah, voilà notre avion !

Rae se retourna et regarda par les fenêtres qui donnaient sur la piste.

Dehors, un mince avion roulait sur l'asphalte. La lumière du soleil scintillait sur sa carlingue argentée, brillante. Son corps étrange se dressait de la queue au nez comme s'il était accroupi sur les hanches, et ses ailes émoussées et orientées vers l'arrière dépassaient à peine des côtés. Son nez en forme de bec était replié vers le bas, ce qui lui donnait l'impression d'être un énorme moustique robotisé.

— Seigneur Jésus, qu'est-ce que c'est que cette chose ?

Il releva le menton d'un coup sec, un truc pratiquement troublant de la part de Wulf, et ses sourcils blonds remuèrent.

— T'es-tu déjà demandé ce qui était arrivé au Concorde ?

Elle sentit ses yeux s'écarquiller, comme ils le faisaient toujours juste avant de dire quelque chose de stupide.

— C'est quoi le Concorde ?

Le sourire de Wulf se figea.

— Le Concorde est un avion. *Cet* avion. C'est un avion supersonique. C'est pratiquement le seul avion commercial qui vole plus vite que la vitesse du son. Il peut voler à deux fois la vitesse du son quand on est au-dessus de l'océan.

Oh, bon sang. Il en faisait tellement pour l'impressionner.

— Il doit être vraiment rapide.

Son sourire s'affaissa comme s'il s'était résigné à quelque chose de triste. Il la rassura :

— On sera bientôt dans le New Jersey.

Rae mit sa main sous son bras. Sous la veste de son costume, ses biceps tressautèrent lorsqu'elle le toucha, mais il caressa ses doigts avec son autre main.

— Ça a l'air vraiment rapide.

— Après qu'il a décollé, le nez se redresse, donc il ressemble à une fléchette. Les autres exemplaires sont tous dans des musées. Celui-ci est le seul qui fonctionne.

— C'est vrai qu'il a l'air vraiment cool.

— Tu pourras regarder depuis le cockpit si tu veux.

— Je n'arrive pas à croire que tu aies un avion qui peut franchir le mur du son. Elle le regarda en souriant. Merci.

Ses doigts se posèrent sur les siens, et un sourire se glissa dans ses yeux bleu foncé.

— Avec grand plaisir.

ÉCHEC ET MAT

Rae Stone-von Hannover

*I*l avait en effet fallu deux jours pour atteindre Genève, et ils ne volaient que quelques heures par jour.

Lorsqu'ils avaient quitté l'espace aérien américain au-dessus de l'océan Atlantique, l'avion avait accéléré et avait vibré en passant le mur du son, et Rae n'avait pu réprimer un petit « *houu* » et un fou rire. Certains des agents de sécurité à l'arrière avaient également ri nerveusement lorsqu'ils avaient accéléré, une preuve qu'elle n'était pas la seule plouc dans le jet privé supersonique.

Même Mme Keller, toujours très digne, avait un peu pouffé.

Wulf était satisfait, et il garda un petit demi-sourire suffisant jusqu'en Suisse.

Ils arrivèrent tôt le matin à leur hôtel de Montreux. Rae franchit les portes d'entrée, flanquée comme d'habitude des hommes de Wulf, un essaim de costumes noirs ouvrant la voie dans le hall. Ses petits talons claquèrent sur le sol de marbre. Un

229

escalier d'ébène montait en spirale vers le deuxième étage.

Tout n'était que remue-ménage avec Wulf, mais elle commençait à s'y habituer. Les zones publiques étaient les moins sûres, surtout celles situées au bout du losange, comme Wulf le lui avait expliqué. Pour tout voyage, le début et la fin pouvaient être connus, et donc être des points faibles. Le chemin entre eux formait un losange de routes possibles, et donc moins de sécurité était nécessaire dans le losange, car leur position était une probabilité, pas une chose connue.

Mais là, ils étaient maintenant à la pointe, un point faible, et donc les hommes autour d'eux étaient vigilants.

Du coin de l'œil, elle capta un mouvement différent de celui de l'essaim noir en rotation autour d'elle.

Un homme avançait vers eux. Grand. Treillis et chemise blanche. Blond. Les manches de sa chemise étaient retroussées sur ses puissants avant-bras.

Rae pivota pour le regarder et s'approcha de Wulf. Il lui prit la taille et le regarda aussi. Il l'encercla de ses bras et la fit pivoter contre lui.

Les hommes qui les entouraient virent leurs mouvements et resserrèrent le cercle.

L'homme blond s'avança encore, *Dieter*, il sourit et dit quelque chose en alémanique. Rae saisit quelques mots à propos d'armes et des hommes, mais ce fut tout.

Elle l'avait à peine reconnu, car Dieter ne portait pas de costume noir élargi sous les bras et aux manches plus longues pour accueillir ses armes, comme lorsqu'il était chef de la sécurité de Wulf.

Wulf relâcha son bras autour de la taille de Rae

quand il répondit de sa voix basse et profonde au-dessus de sa tête. Elle entendit un mot de passe et se mit à rire.

Les gars autour d'eux étaient déjà en train d'élargir leur formation et de retourner à leurs positions initiales. Leur cercle s'était formé autour de Dieter alors qu'il s'approchait.

Rae relâcha ses épaules. Elle s'attendait à ce que la sœur de Wulf, Flicka, se précipite dans le hall en réclamant des réponses plus précises à ses SMS concernant les choix de décor pour la cérémonie de mariage et la réception qui devaient avoir lieu plus tard dans la journée, à seize heures.

Wulf et Rae s'étaient mariées lors d'une petite cérémonie civile quelques mois auparavant, quelques jours avant qu'ils ne découvrent qu'elle était déjà enceinte, mais un homme tel que Wulf - apparenté à toutes les maisons royales et nobles d'Europe, ami de toutes les familles les plus riches de la société, et courtisé par toutes les grandes œuvres de bienfaisance, en particulier les organisations caritatives de concerts - devait organiser une élégante cérémonie religieuse et une réception spectaculaire.

Puisque Rae ne pouvait pas s'occuper de l'organisation du mariage parce qu'elle était encore à l'université, la jeune sœur de Wulf, Flicka, avait joyeusement offert ses services, expliquant que toute princesse digne de ce nom pouvait organiser un mariage extravagant de conte de fées à tout moment. Cela faisait partie de la description du poste, et de la formation de princesse, avait-elle expliqué.

Et elle l'avait fait.

Et c'était spectaculaire.

Par vidéoconférence, Rae avait vu les maquettes. Les échantillons. Les diagrammes. Les dioramas.

Mais maintenant, Flicka n'était pas là, et Rae avait esquivé Dieter alors qu'il avançait vers Wulf.

Dieter tapa Wulf sur l'épaule toujours en souriant, et il passa à l'anglais.

— Quelle manœuvre bâclée ! La moitié d'entre eux n'avaient même pas leurs armes prêtes. Je les aurais tous renvoyés, tous !

Aucun des gars ne se tourna vers Dieter pour lui lancer un regard méchant, car il les avait trop bien entraînés pour cela. Ils gardèrent les yeux fixés sur leur zone de couverture et leur objectif, même s'ils grommelaient et traitaient Dieter de tous les noms en alémanique.

Rae ricana et s'écarta des bras de Wulf.

Même avec de telles critiques, Dieter ne cherchait pas à retrouver son ancien travail. Son entreprise de sécurité privée avait déjà une liste complète de clients et une liste d'attente pour des consultations et des évaluations. Ça n'était que de l'asticotage et cela signifiait que tout allait bien.

Si une deuxième phalange du personnel privé de Dieter leur était tombée dessus à l'aéroport ou dans la voiture, cela aurait été plus troublant. Rae devenait très sensible au niveau de sécurité autour d'elle et aux types de menaces qui pourraient le faire changer.

« Mais qui est votre nouveau chef pour permettre un tel relâchement ? » demanda Dieter.

— Je n'ai encore choisi personne, lui dit Wulf. Nous avons la même structure, sinon.

— Sauf que maintenant, la bête n'a plus de tête,

dit Dieter, horrifié. *Durchlaucht*, vous ne pouvez pas faire ça aussi.

— Nous utilisons des chefs de projet pour l'instant. Cela permet de répartir les responsabilités et le temps qu'ils accordent à la mission.

Dieter baissa les yeux, et il dit plus bas en cessant de plaisanter :

— Vous n'êtes pas à blâmer pour la rupture de mon mariage. C'était de notre faute, et ça couvait depuis longtemps.

L'expression de Wulf ne changea pas.

— Cette structure travaille actuellement pour nous.

Rae glissa sa main dans la sienne. Wulf gardait tout à l'intérieur, et parfois, elle n'avait pas la moindre idée de ce qu'il pensait.

— Je n'aime pas ça.

Wulf fit un geste désinvolte avec son autre main.

— Tu as les rênes pour cette opération. Dis-moi qui je dois promouvoir.

Rae faillit ricaner devant les yeux gris de Dieter qui s'élargissaient d'horreur.

— Ces hommes sont tous mes amis, certains plus que d'autres.

— Je suis sûr que tu ne laisseras pas cela t'influencer.

Les lèvres de Wulf se recourbèrent à peine vers le haut, comme les prémices sournoises d'un sourire que Rae voyait habituellement juste avant le mot "échec et mat".

Quelques commentaires supplémentaires fusèrent parmi les membres de l'équipe alors qu'ils contournaient la réception et se dirigeaient vers les ascenseurs, des injures et des sous-entendus murmurés sur un ton sarcastique. Rae comprit que la plupart des gars disaient à peu près quelque chose comme, *je ne suis pas ton ami, connard.*

Dieter murmura autre chose en alémanique, et le sourire de Wulf s'élargit juste un peu plus.

Ils montèrent dans l'ascenseur jusqu'à leur suite, dont la décoration apaisa Rae alors qu'elle se tenait juste devant la porte. Les murs bleu pâle étaient encadrés d'épaisses moulures blanches, et de larges fenêtres à la française s'ouvraient sur une terrasse qui donnait sur le lac Léman, transparent et bleu sous le soleil, et sur l'austère beauté des montagnes enneigées et des falaises abruptes des Alpes.

Les gars de la sécurité la guidèrent à l'intérieur, alors Rae reprit son air plouc pour admirer le tout au milieu de la pièce. Les canapés étaient gris, le service de table en bois sombre et les chaises blanches rembourrées semblaient être confortables. Les œuvres d'art regroupées sur les murs étaient des dessins au crayon de musiciens de jazz, et Rae les aimait déjà.

Wulf lui prit le coude et la guida jusqu'à la chambre.

Rae n'allait pas discuter. Elle connaissait les règles.

Allonge-toi autant que possible.

À chaque instant.

Et ensuite, allonge-toi encore.

En cas de doute, ne laisse pas la gravité montrer la sortie au bébé.

Ce n'est pas comme si elle voulait se rebeller contre les règles. Elle ne voulait pas faire une hémorragie et se vider de son sang en moins d'une heure.

Alors elle le suivit docilement dans la chambre.

Mais pas *trop* docilement. Wulf aimait un peu trop prendre les choses en main. Si elle lui laissait un centimètre, il prenait quelques mètres de corde très douce et l'attachait avec, en faisant des nœuds compliqués, puis son sourire devenait froid et patient pendant qu'il la taquinait pendant des heures.

Cela aurait pu arriver.

Plus d'une fois.

Mais elle le suivit.

Une fois à l'intérieur, il ferma la porte derrière eux, et Rae saisit cette lueur dans ses yeux bleu foncé qui signifiait qu'il avait été enfermé dans l'avion et exposé au public trop longtemps. Le problème du *placenta praevia* s'était accompagné d'autres restrictions qui auraient pu entraver la vie sexuelle de certaines personnes, mais c'était presque comme si la créativité de Wulf avait été libérée pour compenser.

— Je pensais que j'étais censée m'allonger.

Il la prit dans ses bras, la collant contre le mur avant même qu'elle ne puisse respirer, et il lui murmura :

— Tu le seras.

Ses bras étaient déjà tendus au-dessus de sa tête, et Wulf lui coinça les poignets contre le mur. Rae jura devant Dieu qu'il pouvait l'hypnotiser avec ses yeux bleus, parce que la moitié du temps, des choses lui arrivaient avant même qu'elle ne se rende compte de ce qui se passait.

Il laissa tomber sa tête, et sa bouche couvrit la sienne de ses lèvres douces et exigeantes.

Sa main autour de ses poignets se relâcha un peu, et elle glissa librement. Rae se serait presque battue contre lui juste pour s'amuser, mais elle ne devait pas, et elle le savait.

Certains hommes auraient peut-être joué le jeu, ils auraient peut-être été tentés par une petite bagarre pour les repousser, mais pas Wulf. Il connaissait toutes les paroles de son médecin et ses instructions pour ne pas s'épuiser, et il en tirait tous les avantages.

Comme elle ne pouvait pas le combattre, Wulf la prit dans ses bras et la porta jusqu'au lit.

— Nous ne devrions pas, murmura-t-elle.

— Pourquoi non ? Il l'allongea sur le lit et rampa sur elle, arrachant sa veste de costume et la laissant tomber par terre.

— Notre mariage est dans quelques heures. Ses mains se levèrent en l'air toutes seules devant elle, cherchant ses épaules. *Traîtresses.*

— *Des* heures, dit Wulf. Nous avons *des heures*. Je ferai doucement. Il déboutonna quelques boutons de sa chemise et la passa par-dessus tête, ébouriffant ses cheveux blonds qui tombèrent en avant. Sa peau lisse ressemblait à de la peinture dorée sur les puissants muscles de sa poitrine, de ses épaules et de ses bras. Rae laissa traîner ses doigts sur les tablettes de chocolat de ses abdominaux.

Un vrai sourire perça sa réserve, et ses yeux brillèrent. Son petit rire fit même un peu voleter ses cheveux au-dessus de ses sourcils.

Seigneur, Wulf était tellement mignon quand il était ébouriffé comme ça.

Elle en avait le souffle coupé.

— Ce n'est pas ce que je voulais dire, protesta-t-elle néanmoins.

— Pourtant, c'est la vérité. Il prit un oreiller à côté d'elle, enleva la housse et torsada le tissu pour en faire un cordon soyeux.

— Oh, non, dit-elle. Wulf, tu ne devrais même pas me *voir* avant le mariage. Nous aurions dû nous séparer hier soir. C'est...

Il attrapa l'un de ses poignets et la fixa à nouveau, toujours en souriant.

— C'est quoi ?

Rae avait mis les pieds en plein dedans.

Wulf n'était pas superstitieux. Il était rigoureusement logique, c'est pourquoi il était l'un des maîtres invisibles qui contrôlaient l'économie mondiale. Lorsqu'il était assis derrière ces ordinateurs dans la petite pièce située derrière le grand escalier au rez-de-chaussée de leur maison, alors qu'il manipulait les chiffres vacillants qui régissaient la vie des gens sur l'immense écran convexe qui entourait le bureau, il était comme une divinité calculatrice sans émotion, maître des monnaies et des stock-options.

Il se souciait profondément de la raison pour laquelle il manipulait le monde. Il comprenait les marches aléatoires et les variables imprévues.

En dehors de son bureau, il était parfois d'une douce sentimentalité.

Mais il ne croyait pas à la chance, bonne ou mauvaise.

Wulf enroula le doux coton de la taie d'oreiller autour de ses mains, en liant les poignets de Rae au-dessus de sa tête.

« Continue, lui dit-il, sa voix devenant délicieusement sinistre. C'est le matin du jour de notre mariage. Te voir, c'est... »

Il se tut, la mettant au défi de le dire.

— Allez ! dit Rae, en lui tordant les mains pour essayer de se libérer, mais il ne faisait jamais de nœud lâche. C'est la tradition.

—Je ne me suis jamais soucié des traditions.

Il plongea et fit courir sa langue le long de son cou, son souffle chaud sur sa peau.

Rae s'étira contre lui, incapable de se retenir quand il posait les mains sur elle. Elle chuchota :

—ça porte malheur.

—Je vais tenter le diable alors, dit Wulf, sa voix vibrant contre la peau sensible derrière son oreille.

Il ne tenta pas que le diable.

Wulf se glissa plus loin et la retourna, la tenant par-derrière alors qu'il faisait glisser ses mains sur elle. Elles sculptaient son corps, la plaquant contre ses muscles fins et le duvet blond et soyeux qui rendait son torse si doux.

Le corps de Rae s'échauffait à chaque passage des mains sur ses hanches et sa poitrine jusqu'à ce qu'elle gémisse son nom. Il n'avait pas détaché ses mains, et elle était impuissante alors qu'il l'excitait, faisant traîner ses doigts sur elle et palpait sa peau, la taquinant et glissant ses doigts sur ses mamelons. Il poussa finalement son genou entre ses jambes pour se glisser entre ses plis, chaque coup de reins brutal de sa part faisant glisser son membre sur son clitoris jusqu'à ce qu'elle serre les poings, toujours liés au-dessus de sa tête alors qu'il lui mordait la nuque.

Les pulsations commencèrent dans son clitoris, le plaisir fit onduler le corps de Rae à son insu et elle se cambra. Les bras puissants de Wulf se resserrèrent autour de ses côtes, et il se frotta contre elle. Chaque poussée rebondissait sur elle, faisant monter le plaisir jusqu'à ce qu'une lumière blanche lui fasse tourner la tête dans un silence éclatant.

Elle respira fort et la pièce se stabilisa. Wulf la serra contre son corps, chaque muscle dur et contracté. Son souffle réchauffa l'épaule où il avait planté ses dents, pas assez pour laisser une marque et il frissonna.

Lorsque Rae put respirer à nouveau, Wulf se retourna légèrement, la laissant s'appuyer contre lui.

— Eh bien, dit-elle, toujours essoufflée. Cela a duré seulement trente-cinq minutes. Je suppose que tu n'y as pas été si doucement que ça.

Il fit traîner légèrement ses doigts le long de son bras, lui donnant la chair de poule.

Rae se retourna pour voir un sourire froid se former sur ses lèvres.

Oh, non. Elle connaissait trop bien ce sourire.

— Nous avons encore une heure et demie alors, dit-il. Parfait.

Chapitre Trois

KIDNAPPING

Flicka von Hannover

ôt ce matin-là, je m'éloignai encore une fois de mes gardes du corps, juste pour traverser Montreux, juste pour m'éloigner de l'effervescence du mariage qui était aggravée par la présence des hommes de la sécurité qui m'éloignaient constamment de mes amis et des consultants et coordinateurs parce que j'étais restée trop longtemps immobile dans un espace public.

Toute ma vie, les hommes en costume noir m'ont suivie comme des chauves-souris qui volent dans mon sillage. Ils m'étouffent, tourbillonnent dans l'air et m'isolent des gens, des enfants, des oiseaux et de l'air. Au lieu d'être une princesse de conte de fées, je suis une sorcière de conte de fées, traînant dans son sillage des vampires et les ténèbres.

Deux équipes m'entourent chaque jour : l'équipe Grimaldi, personnel du palais de mon nouveau mari Pierre, à Monaco, où il est le noble héritier de la principauté, et une équipe de Hanovre engagée par mon frère, qui pense que l'équipe de Pierre est soit insuffisante soit incompétente pour me défendre.

C'est précisément ce qui s'est passé à notre mariage.

Un homme armé a tiré des balles incandescentes dans la foule pour nous atteindre. L'équipe de Pierre l'a jeté dans une voiture et est partie à toute vitesse, alors même que Pierre me rattrapait et leur criait de revenir.

Il a ensuite licencié la moitié de son équipe dans une rage froide que je n'avais jamais vue auparavant et s'est excusé auprès de moi, en jurant que cela ne se reproduirait plus jamais.

Mais je ne suis pas dupe. Son équipe répond à son oncle, le Prince Rainier IV, le Prince régnant de Monaco. Il ne laissera pas son héritier être assassiné.

La presse deviendrait hystérique.

Croyez-moi, la presse est horrible quand des princes sont assassinés. Scandaleuse. Blâmant. Agressive. J'ai beaucoup lu sur ce genre de choses.

Les menaces sur la sécurité sont toujours présentes. Je sais cela. Profondément. Dès mon plus jeune âge, je savais que je devais mon existence même à un acte de violence horrible, et qu'un jour, un autre me prendrait probablement tout, soit en mettant fin à ma propre vie, soit à celle de quelqu'un que j'aimais.

Chaque jour.

Et pourtant, lorsque les deux équipes de sécurité se sont séparées en formation pendant quelques secondes dans le hall de l'hôtel bondé et qu'elles n'ont pas pu se frayer un chemin, j'ai foncé de côté vers un groupe de personnes qui parlaient et j'ai tourné au coin de la rue.

Je suis douée pour cela. Je peux m'éloigner de n'importe qui.

J'ai pratiqué ça toute ma vie.

Après leur avoir fait faux bond, j'ai rencontré le coordinateur de la restauration pendant plus de trois fichues minutes pour m'assurer que les bonnes crevettes avaient été livrées ce matin-là, que nous avions trouvé un autre fournisseur pour les truffes noires introuvables pour le plat principal de faisan et que les roses étaient effectivement ouvertes au quart.

Alléluia. Cette réception pourrait bien avoir lieu ce soir, comme prévu, après tout.

Après cela, j'ai rassemblé l'équipe des cosmétiques en envoyant un SMS général. Nous nous sommes retrouvés dans une alcôve du hall pour confirmer l'horaire de la coiffure des demoiselles d'honneur et de Rae, de la première séance de maquillage et des retouches. Elles avaient tout ce qu'il fallait et des pots supplémentaires de tous les produits cosmétiques nécessaires. C'était devenu une machine bien huilée.

Génial.

L'organisation du mariage de mon frère aîné, Wulfram, et de sa femme Rae m'occupait depuis quelques mois, et c'était presque terminé. Il avait été retardé d'un mois en raison de l'état délicat de sa femme, et sa reprogrammation avait été un travail de tous les instants.

Mais c'était presque terminé.

Et trois heures, quatre heures plus tard, il commencerait, et tout serait parfait.

Par la seule force de ma volonté, je vais faire de ce mariage un succès spectaculaire, même si je dois soudoyer, menacer ou faire chanter tout le monde à

Montreux pour le faire. Wulfram mérite une journée parfaite.

Il se souviendra de chaque détail pour le reste de sa vie.

Encore quatre heures.

Et ensuite, je ferai plier tout le monde à ma volonté ; c'est ce qu'il faut faire, et ce sera parfait.

Mais, pendant ces quelques moments de liberté, j'ai marché sur un trottoir de Montreux qui passait devant le grand hôtel que l'équipe de sécurité de Wulfram avait réquisitionné pour le mariage, en m'approchant des salles de concert qui se remplissaient pour les festivals de jazz et de classique en été et en automne.

De l'autre côté de la rue, un parc à la verdure veloutée de fin d'été s'étendait vers le lac Léman, et l'odeur de l'herbe tondue emplissait les deux voies de circulation bruyantes de la rue. Des boutiques s'alignaient au rez-de-chaussée de l'hôtel - un café de jazz, un salon de thé, une boutique - toutes avec leurs teintes jaune muflier dans l'ombre matinale. L'après-midi, ces boutiques et l'hôtel ressemblaient à une tente jaune, à l'abri du soleil d'été.

Plus loin sur l'avenue, la flèche d'une église s'élançait vers le ciel, et certaines salles de concert jetaient des reflets éblouissants dans la rue.

La circulation s'intensifia encore et fit voler mon large pantalon et mes cheveux.

Peut-être que je resterais pour le festival de musique classique. C'était censé être bientôt, non ? Une de mes amies de Tanglewood - un camp d'été des arts du spectacle pour l'élite auquel j'avais participé quand j'avais seize ans - devait jouer un concerto pour piano ici. J'aimerais bien la revoir.

Peut-être que l'année prochaine, quand tous les mariages seraient terminés, je pourrais aussi retourner sur scène ? Quoi qu'en pense Pierre, je ne renoncerai pas à la musique. Sa famille avait réussi à forcer Grace Kelly à renoncer à sa carrière cinématographique, mais c'était il y a longtemps.

Mais cette année, je pourrais peut-être me contenter d'assister aux récitals ?

Le soleil s'éloigna de l'horizon et les nuages orange s'amincirent. Le ciel vira au bleu profond des yeux de mon frère aîné, un bon présage. Sûrement, si quelqu'un méritait un jour un mariage parfait, c'était bien lui.

Une Volkswagen Touareg noire glissa jusqu'à une place dans la rue le long du trottoir.

Je la regardai, sans m'inquiéter parce que les voitures s'arrêtent tout le temps devant les hôtels.

Quelqu'un me poussa dans le dos.

Je trébuchai vers l'avant, en essayant de me rattraper, mais mon talon haut se prit dans une fissure du trottoir.

La portière devant moi s'ouvrit alors que je trébuchais, et on me poussa à l'intérieur de la voiture.

D'autres mains me saisirent, me plaquant au sol, peu importe si je les griffais.

Non, pas aujourd'hui.

Je me débattis, me tortillai et je réussis à lever les yeux.

L'homme qui me tenait les mains dans le dos avait la cinquantaine ou plus, son visage était plein de rides. Du gris flottait dans ses cheveux.

Je le connaissais depuis toujours.

Je passai à l'allemand et je demandai :

— Moritz ? Qu'est-ce que tu fais ?

Il baissa les yeux sur moi.

— *Prinzessin*, je suis désolé.

LA MACHINE S'ÉVEILLE

Luca Wyss

ès que l'homme courut entre les bâtiments et poussa Son Altesse Sérénissime Flicka dans un 4x4, Luca s'élança et se mit à sprinter. Il tapota son oreillette pendant qu'il sprintait, en criant :

— Neuf ! Code neuf !

D'autres hommes en costume noir tournèrent au coin devant lui, courant à toute vitesse. Friedhelm donna un coup sur l'arrière du véhicule des ravisseurs alors qu'il s'éloignait du trottoir.

Luca fit demi-tour et sauta entre deux autres voitures garées, en essayant d'atteindre le pare-brise, mais le 4x4 fit une embardée vers une voie de circulation avant qu'il ne puisse l'atteindre.

— *Scheisse* ![1]

Les autres hommes se mirent à jurer et haletèrent après leur sprint.

La voix de Dieter Schwarz grogna à son oreille :

— Rapport.

— Ils l'ont eue, dit Luca, essayant de ne pas

laisser sa voix se briser. Un SUV noir. Volkswagen Touareg, modèle actuel. Parti direction sud-est sur l'avenue Claude-Nobs.

— Plaque d'immatriculation ? aboya Dieter.

Les numéros de la longue plaque de la voiture étaient rapidement passés devant ses yeux.

— Plaque de l'UE. Désignation allemande. Il n'avait pas pu voir le code régional. J'ai vu les deux derniers chiffres, trois et neuf. Il s'est éloigné avant que je ne puisse lire le reste.

— Je vais vérifier ça. Revenez à l'hôtel pour les voitures.

— Oui, Monsieur, dit Luca. J'étais trop loin. Cinq mètres de plus et je l'aurais eue.

— Si vous aviez été plus près, elle vous aurait vu, et elle se serait encore échappée. Si elle nous avait complètement échappé, nous n'aurions même pas su qu'elle avait été prise. Retournez à l'hôtel.

— Oui, monsieur. Luca se retourna et partit en courant. Le reste de l'équipe se mit en formation autour de lui.

Luca jurait qu'il pouvait encore sentir le pot d'échappement du 4x4 des kidnappeurs, mais c'était la puanteur de l'échec qui remplissait l'air.

Chapitre Cinq

LE SOUVENIR D'UNE PLAQUE
D'IMMATRICULATION

Wulf von Hannover

*W*ulf se tenait à côté du lit, en train de mettre son peignoir sur ses épaules, tout juste sorti d'une douche rapide. L'épaisse serviette glissa sur le tatouage élaboré de son dos, un dragon pâle entouré d'un chrysanthème et de fleurs de jasmin. Le tissu cicatriciel rigide au centre du dessin se tendit quand il haussa les épaules.

Sa femme était allongée sur le lit, enveloppée dans les couvertures, ses cheveux auburn flamboyant débordant sur les oreillers.

La pauvre, il l'avait épuisée.

Encore une fois.

Elle allait donc dormir pendant l'heure précédant le début des préparatifs du mariage, comme il l'avait prévu. Sa jeune sœur Flicka avait envoyé le planning à tous leurs téléphones. Il était codé par couleur et ponctué d'un nombre affligeant de points d'exclamation.

Mais pour l'instant, sa femme pouvait dormir.

Les rideaux étaient tirés contre le soleil de midi,

mais il pouvait la voir remuer sous les draps et respirer profondément.

Comme toujours, même la nuit, Wulf s'était éclipsé pour ne pas la réveiller. Les meilleures nuits, il ne dormait pas plus que quelques heures, alors ils étaient tous les deux habitués à ce qu'il se faufile hors du lit pour aller travailler.

Wulf reprit ses vêtements sur le sol, là où il les avait jetés.

On frappa doucement à la porte de la chambre.

Il s'habilla avant de sortir.

Avant même d'avoir fermé la porte derrière lui, il vit l'acier dans les yeux de Dieter, mais il écouta le doux clic du loquet avant de demander :

— Que s'est-il passé ?

— Flicka, répondit Dieter. Sa voix se brisa. Elle a été emmenée dans une Volkswagen Touareg et on n'a pas de nouvelles.

— Où était l'équipe des Grimaldi ? demanda Wulf.

— Elle a essayé de s'éclipser une demi-heure avant. Luca l'a récupérée en quelques minutes, mais on n'a pas vu l'équipe des Monégasques après ça.

— Vous les avez prévenus ?

Dieter haussa les épaules.

En d'autres circonstances, Wulf aurait fait preuve de la même compétitivité et du même mépris que Dieter pour Quentin Sault, le chef de la sécurité de Pierre Grimaldi.

« Dis-leur. Nous pourrions avoir besoin de toutes les personnes que nous pouvons utiliser si nous devons aller la chercher. »

Dieter hocha la tête et porta son téléphone à l'oreille.

Wulf se dirigea vers le salon de la suite où Luca et Friedhelm parlaient doucement dans des téléphones portables. Matthias, Julien et Romain se regroupèrent sur les canapés, pour regarder une carte et comparer des notes sur leurs téléphones.

Le chef de son personnel de maison, Rosamunde, posa un plateau avec deux carafes de café et une assiette de biscuits sur la table.

Wulf demanda :

— D'autres informations ?

Luca répondit :

— Le véhicule était le modèle récent. J'ai vu une partie de la plaque d'immatriculation. C'était une plaque de l'UE, qui semblait avoir un D allemand pour le code du pays, et se terminait par le numéro trente-neuf. Romain a pris une photo avec son téléphone portable, mais on n'a pas pu distinguer grand-chose.

Un soulagement glacé envahit Wulf, mais il fut vite remplacé par la colère. Il demanda à Luca :

— C'était un Touareg noir ?

— Oui, dit-il. Nous recevons des images des caméras en circuit fermé de l'hôtel. Nous pourrions obtenir un numéro de plaque complet.

— Pas la peine, dit Wulf. C'est H LP 739.

Aucun des hommes de la sécurité n'ouvrit de grands yeux. Wulf connaissait la plaque, c'est tout. La version officielle était qu'il utilisait toutes sortes de trucs de mémorisation.

Le H indiquait que la plaque avait été délivrée dans l'État de Hanovre.

Lorsque Wulf et Rae s'étaient rendus au château de Marienburg quelques mois auparavant, lorsqu'elle avait vu le château où il avait grandi et rencontré son père, ce Touareg en particulier avait été l'un des véhicules qui les avait pris en charge à l'aéroport et avait roulé derrière eux dans la file de véhicules jusqu'au château. La famille de Wulf avait des Volkswagen au château de Marienburg, comme à leurs autres maisons parce que la principale usine se trouvait à Hanovre, ce qui était une manœuvre de relations publiques évidente.

Luca consulta son téléphone, en regardant l'image pour l'agrandir.

— Ça colle. Le premier chiffre pourrait être un sept ou un un, et le code régional est une seule lettre.

— C'est encore mon père. Trouvez-le et nous trouverons Flicka.

Luca expliqua à la personne au téléphone que maintenant qu'ils avaient une plaque d'immatriculation complète ils devaient trouver la voiture.

Wulf se retourna vers Friedhelm.

— Demande au concierge de monter. Ils connaissent tous les autres concierges de la ville. L'un d'eux saura où il se trouve. Au moins, on sait qu'elle n'est pas en danger.

Son père avait intérêt à ne pas avoir abîmé un seul cheveu doré de la tête de sa sœur, sinon Wulf jurait devant Dieu qu'il briserait le vieil homme à mains nues.

Derrière Wulf, Rae demanda :

— Que se passe-t-il ?

Il se retourna, lentement, et effaça de son visage et de son corps toute préoccupation au sujet de sa sœur.

— Tout va bien. Tu devrais t'allonger.

Rae regarda la pièce, ses yeux marron écarquillés.

— Non d'un chien, qu'est-ce qui se passe ?

Derrière lui, ses hommes remuèrent sur les canapés, mal à l'aise. Luca devait avoir la tête dans les épaules. Il mentait tellement mal.

— Il semble que mon père ait réussi une dernière tentative d'interférence dans notre mariage. Il a kidnappé Flicka. Nous sommes sûrs que c'est lui, donc elle n'est pas en danger, à part qu'elle pourrait faire une rupture d'anévrisme si elle n'est pas autorisée à orchestrer son œuvre d'art.

Rae pouffa.

— Alors, quand est-ce qu'on va aller la chercher ?

— Toi et moi n'allons nulle part, dit Wulf. Tu vas t'allonger.

— OK, dit Rae, en faisant la grimace. Je comprends pourquoi je ne devrais pas monter à cheval avec la cavalerie, mais tu dois le faire.

Il ne la laisserait pas seule à l'hôtel.

— Dieter peut diriger cette opération.

— Elle va s'attendre à ce que tu sois là, et tu auras peut-être besoin de parler à ton père.

Wulf parlerait certainement à son père.

— Je n'ai pas besoin d'y aller.

— Si quelque chose tourne mal, tu ne te pardonneras jamais de ne pas avoir été là.

— Il y a une petite chance que ce soit une diversion. Il en a peut-être après *toi*.

Elle roula des yeux.

— Laisse-moi Julian et une arme. C'est ton meilleur tireur d'élite avec une arme de poing, et si je suis armée… et Mme Keller sera là. C'est probablement une tueuse secrète, connaissant le type de personnes que tu engages !

Wulf sourit. Il aimait le fait de ne pas avoir à s'inquiéter que sa femme soit impuissante parce qu'elle ne l'était pas. En effet, elle était bien plus dangereuse que la plupart de ses hommes. Certes, ils ressemblaient à de robustes gardes du corps qui pourraient être armés, mais quiconque attaquerait Rae risquait d'avoir une surprise désagréable.

— Bouge tes fesses et ramène Flicka à la maison à temps pour notre mariage. Tu m'entends ?

Dieter lui chuchota :

— Dites juste oui, madame, et qu'on en finisse.

— Combien de tes hommes sont avec toi ?

— Dix, *Durchlaucht*.

— Amène deux de tes hommes ici pour qu'ils restent avec Reagan. Il regarda derrière lui. Julian et Romain, vous resterez, en plus, avec quatre hommes. Verrouillez cet endroit et apportez une arme à ma femme.

Chapitre Six

LE TRAVAIL DE DIETER

Dieter Schwarz

L'équipe de choc était entassée dans deux 4x4, à trois de front sur les sièges, huit par voiture. Ils portaient encore tous des costumes pour dissimuler leurs armes de poing rangées sous leurs bras ou près de leurs coccyx. Alors qu'une équipe d'hommes en treillis noir avec de gros fusils n'aurait pas attiré l'attention dans l'Ouest américain, on pourrait les remarquer en Suisse, c'est pourquoi ils faisaient profil bas.

Mais ils portaient des bottes de combat de type militaire. Ce n'était pas négociable.

Dieter était assis à côté de Wulfram, qui avait à peine cligné des yeux pendant les quelques minutes du trajet. Leurs bras se touchèrent quand le 4x4 prit un virage, et aucun d'eux ne frémit. Ils respiraient tous les deux lentement, méthodiquement, amortissant toute poussée d'adrénaline.

À l'hôtel, les concierges étaient arrivés en moins de dix minutes, donnant des informations sur l'endroit où le père de Wulf, Phillipp, avait pris des chambres, confirmant la présence du Touareg noir en question, et examinant les images de la caméra de surveillance pour déterminer que le véhicule était revenu récemment. Une jeune femme se débattait alors qu'on l'emmenait vers la suite du Prince par les escaliers de service.

Dieter s'était pincé le nez, dégoûté que l'équipe de Phillipp ait été si négligente avec les caméras de sécurité de l'hôtel encastrées dans les plafonds, surveillant chacun de leurs mouvements. C'était comme s'ils essayaient de se faire prendre, ce qui était une excellente possibilité. Le Prince les payait peut-être, mais peu d'hommes voulaient commettre de véritables crimes pour leur employeur, en particulier kidnapper une gentille jeune femme pour faire souffrir son frère le jour de son mariage, d'autant plus que beaucoup de ces hommes connaissaient peut-être Flicka et Wulf depuis leur enfance.

Si Phillipp licenciait son personnel, Dieter pourrait les reprendre, s'ils avaient laissé une trace intentionnelle plutôt que d'avoir simplement été négligents.

Le 4x4 sauta sur une bosse alors qu'ils se dirigeaient vers l'hôtel du Prince.

Le concierge était censé les attendre dans le parking en contrebas. Dieter n'avait plus que quelques minutes pour parler à Wulf.

Il s'éclaircit la gorge.

— Alors, une dernière opération en souvenir du bon vieux temps, *Durchlaucht* ?

Wulf fit remuer ses sourcils blonds, juste un peu.

— On peut dire ça.

— Et cette fois, vous resterez à l'arrière et n'entrerez dans la pièce qu'après que nous ayons sécurisé les lieux ?

Wulf pinça les lèvres.

— Je l'avais entendue crier.

— Mais cette fois-ci ? insista Dieter.

— Je vais rester en arrière. Je n'arrive pas à croire qu'on recommence, mais c'était une folie de croire que mon père céderait si facilement.

*L*e concierge retrouva Wulf et son équipe au garage, il les escorta jusqu'à l'entrée de service et les conduisit près des portes de la suite du Prince, en marmonnant dans son micro à la sécurité de l'hôtel pendant tout le trajet. Visiblement, les personnes qui surveillaient à partir des caméras ne voyaient aucun problème devant elles alors que l'équipe se déplaçait dans les couloirs de l'hôtel.

Le concierge se mit à l'écart et leva le bras en faisant un geste vers le coin du couloir.

Wulf et ses hommes firent une pause, se mettant silencieusement en formation. Il sortit son arme de poing, un Glock, de l'étui sous son bras. Le poids mort de l'arme bascula dans sa paume.

—Jusqu'où ? chuchota Wulf au concierge.

— Quelques mètres. Cinq, peut-être, dit-il. Suite 602.

Les hommes hochèrent la tête, chacun signalant qu'il était prêt.

Friedhelm et Dieter prirent la tête, et ils sprintèrent jusqu'à la porte.

Wulf tourna le coin à quelques pas derrière eux.

Deux hommes se tenaient à côté de la porte de la suite, appuyés contre le mur. Ils regardèrent Wulf et l'équipe qui courait vers eux, levèrent les mains et se mirent à l'écart.

Oui, comme Wulf le soupçonnait, l'équipe de sécurité de son père avait peut-être reçu l'ordre d'enlever Flicka, mais personne ne pouvait les forcer à cautionner le crime de son père.

Ils reculèrent d'un pas supplémentaire alors que le groupe de Wulf avançait vers la porte. Un des hommes de son père se pencha et tint la carte clé au-dessus de la serrure de la porte, prêt à l'ouvrir pour eux.

Certainement révélateur, non ?

L'homme poussa la porte et recula, levant les mains en l'air. Dieter et Friedhelm entrèrent en trombe, les armes à la main.

Wulf ralentit alors que les autres se précipitaient à l'intérieur. Il détestait ça, mais Dieter avait raison. Il avait une femme enceinte qui avait des complications, et il avait sa propre force paramilitaire. Cette fois, il devait commander de l'arrière.

Dans son oreillette, Wulf entendit Dieter ordonner :

— C'est bon !

Ce fut rapide, et le silence à l'intérieur empêcha toute échauffourée ou coup de feu.

Wulf entra dans la pièce, flanqué d'autres hommes.

Dieter tenait Flicka derrière lui, le fusil pointé sur le dernier homme de la sécurité, qui se tenait à côté d'un homme âgé assis sur un fauteuil, le père de Wulf. Flicka était accrochée à l'épaule de Dieter et pressait son visage contre son dos. Son bras la protégeait alors qu'il pointait son arme sur les hommes.

Bien. Wulf savait qu'il pouvait faire confiance à Dieter.

Les hommes de la sécurité monégasque tenaient leurs armes prêtes, pointant vers le père de Wulf et son seul et unique agent de sécurité, qui se tenait les mains en l'air et fixait le plafond.

Le père de Wulf, Son Altesse Sérénissime, le prince héritier de Hanovre, Philipp Augustus, croisa les jambes et sourit.

Wulf leva la main.

— Tout le monde dehors.

— Vous ne resterez pas seul ici, dit Dieter.

— Tout le monde dehors, répéta Wulf. La colère couvait sous sa peau. Il dit à Dieter : ramène Flicka à l'hôtel. Laisse quelques hommes devant la porte pour m'escorter ensuite.

Dieter s'arrêta, fixa le seul gars de la sécurité les mains en l'air pour s'assurer qu'il ne représentait aucune menace, puis il sortit de la pièce, protégeant toujours Flicka avec son corps. La plupart des autres agents se postèrent en formation autour de Dieter et Flicka.

Friedhelm escorta le dernier des hommes de Phillipp, sous la menace d'une arme.

Wulf les surveilla du coin de l'œil jusqu'à ce qu'ils franchissent la porte, le laissant seul avec son père.

La porte se referma.

Wulf fit demi-tour. Il baissa son arme, mais la garda prête. Il ne pensait pas que son père essaierait de lui sauter dessus ou de brandir une arme, mais il pourrait avoir d'autres hommes dans la petite suite.

Il sortit l'écouteur de son oreille et appuya sur le bouton pour l'éteindre en soupirant.

— Qu'est-ce que je vais faire de vous ?

— Je t'ai donné une chance, dit son père en le regardant fixement. Tu peux encore annuler la cérémonie aujourd'hui.

Une chaise avait été placée en face de son père. Flicka était probablement assise là, en train de lui parler. Une table basse était placée entre les chaises.

Wulf s'assit.

—Je n'annule pas le mariage.

— Je t'ai donné l'occasion parfaite, insista Phillipp, fixant Wulf avec des yeux du même bleu foncé que les siens.

Ils avaient passé peu de temps ensemble, même lorsque Wulf était enfant, et voir l'homme qui lui ressemblait tant, plus âgé de quarante ans, était un petit choc comme un déclic. Même si Wulf savait que Phillipp était toujours considéré comme un bel homme - cheveux argentés, yeux bleu profond et les restes d'un athlète - il semblait être un sombre présage de tout ce qui pourrait mal tourner dans la vie de Wulf. Il n'avait pas de relations avec une femme ou avec ses propres enfants, et il se mettait encore en danger mortel avec des voitures rapides parce que son corps ne lui permettait plus d'essayer de se tuer avec le saut à cheval ou le ski alpin.

— Nous nous sommes mariés civilement il y a quelques mois, déclara Wulf. Nous sommes liés par les liens du mariage. Je l'ai inscrite sur tous les documents juridiques importants. Si je devais mourir aujourd'hui, elle et notre enfant hériteraient de tout. Cette cérémonie n'est qu'un événement social.

— Et donc le symbole le plus important, dit Phillipp. Est-ce que ta petite tête peut comprendre ça ?

— La cérémonie aura lieu aujourd'hui. Mais vous n'y assisterez pas. Lorsque les gens remarqueront votre absence, je leur dirai que même si le chef souverain de la maison Welf[1] a approuvé le mariage, vous ne l'avez pas fait.

— Bien, ricana son père. Je m'assurerai que tout le monde le sache.

— Bien sûr... Wulf secoua la tête. Votre personnel de sécurité sera remplacé par le mien. Ils ne seront plus vos gardes du corps. Ils seront vos geôliers. Ils dépendront de moi et de mon administration. Vos communications téléphoniques seront surveillées.

— C'est scandaleux, dit son père, la mâchoire serrée.

— Si vous n'obéissez pas, je vous couperai complètement les vivres. Même votre fortune personnelle, telle qu'elle est appelée, est à la discrétion de la Maison. Je vous jetterai littéralement à la rue avec juste des vêtements sur le dos, et j'aurai des hommes autour de vous pour veiller à ce que vous ne receviez d'aide de personne.

— C'est irrespectueux, dit son père, mais il ne semblait pas indigné.

Peut-être ne voulait-il pas que le mécontentement de Wulf se prolonge. Peut-être s'agissait-il de la dernière attaque d'une guerre qui, Wulf en était certain, avait commencé lorsqu'un fou avait tué le mauvais enfant de neuf ans.

Une porte s'ouvrit plus loin au fond de la suite.

Wulf se releva d'un coup, l'arme à la hauteur des yeux, avant même que la porte ne soit à moitié ouverte.

Au-dessus de l'arme - le point du viseur étant bien placé au milieu de la cible - une femme mince entra, portant un plateau avec un service à café en argent. Quelques mèches grises soulignaient ses cheveux foncés, tirés en arrière et rassemblés en chignon. Ses yeux sombres s'élargirent, et sa bouche s'ouvrit.

Il y avait quelque chose de très familier en elle.

Chapitre Huit

QUE VOUS A-T-IL DIT ?

Dieter Schwarz

*D*ieter poussa Flicka sur le siège du milieu du 4x4 et monta à sa suite. Le conducteur démarra avant même qu'ils ne soient installés et fonça pour sortir du parking. Dieter fut projeté contre le siège.

Les parkings étaient toujours un piège. Il y avait tant d'endroits d'où tirer des coups de feu et si peu de témoins.

Flicka prit son téléphone pour l'allumer. Il l'avait vue le prendre sur une table près de la porte alors qu'ils sortaient. On avait dû le lui confisquer. Elle n'aurait pas pu les contacter pendant qu'elle était là-bas, même si elle avait voulu le faire. Le téléphone était éteint, ce qui expliquait pourquoi ils n'avaient pas pu le tracer.

Dieter mit la main dans la poche de son costume, trouva son mouchoir et le lui tendit.

— Merci, murmura-t-elle, en essuyant les traces de mascara sous ses yeux et sur ses joues. Elle essuya également les traces noires sur ses mains.

— ça va ? demanda-t-il.

— Je dois juste contacter les coordinateurs de l'événement. Même si je suis sûre que tout va bien.

Dieter lui prit la main, doucement. Il la connaissait depuis qu'elle était une petite fille dégingandée de douze ans et qu'il avait l'habitude d'aller chez eux avec Wulf pour les vacances, alors qu'ils étaient dans l'armée.

— Mais, est-ce que ça va, vous ?

Elle le regarda, ses immenses yeux vert foncé s'élargissant encore, et elle posa sa main dans la sienne et la tint. Elle ne sourit pas. On aurait plutôt dit qu'elle avalait un cri horrifié.

Elle dit, lentement :

— Je dois planifier ce mariage. Tout doit être parfait. En ce moment, je dois penser à ça et à rien d'autre.

Dieter avait recueilli plusieurs indices sur la vie de Wulf à partir du peu qu'il avait divulgué, et chaque conclusion à laquelle il était parvenu sur lui et le père de Flicka avait été laide.

— Qu'est-ce qu'il vous a dit ?

— Rien, dit Flicka, en dégageant sa main et en s'appuyant sur le dossier. J'ai un mariage à organiser. Le regard qu'elle lui fit jetait des flammes vertes de colère. Aide-moi plutôt à me concentrer sur ce mariage.

— Vous savez qu'il a menti à Wulfram et à beaucoup d'autres, en essayant de créer le chaos et de ruiner ce mariage et leur vie ensemble, n'est-ce pas ? Le dire lui laissait un goût amer dans la bouche. Tout ce qu'il vous a dit était peut-être un stratagème pour créer un conflit au mariage de Wulfram.

— Oui, dit-elle, et ses cils humides et épais se mirent à cligner sur ses yeux d'un vert impossible.

— Wulfram mérite un mariage parfait, dit Dieter.

— Oui, dit-elle, en respirant plus facilement.

— Comment puis-je vous aider ?

Flicka hocha rapidement la tête.

— Quand on sera à l'hôtel, prends ses vêtements et on ira directement à l'église. Ils sont dans un sac à vêtements dans son placard, repassés et prêts à partir. Tout est là-dedans, comme un kit. Il suffit de prendre le sac.

Chapitre Neuf

LIESEL

Wulf von Hannover

Wulf releva le canon vers le plafond avant que la domestique ne puisse faire tomber la cafetière et les tasses.

— Je suis désolé, mademoiselle.

— Liesel, apporte ça, s'il te plaît.

S'il te plaît ?

Wulf tourna la tête pour regarder son père.

Il souriait à la femme de ménage, les coins de sa bouche légèrement relevés.

— N'aie pas peur. Wulfram est un peu paranoïaque, mais il est inoffensif.

Le sourcil gauche de Wulf voulait se lever, mais il se retint.

La femme, qui avait peut-être la quarantaine, posa le plateau sur la table basse entre les deux chaises. Un léger rougissement apparut sur ses pommettes, et elle jeta un coup d'œil à Wulf en se penchant.

Elle lui était très familière, d'une certaine manière. Wulf n'était pas venu souvent au château de Marienburg, au cours des deux dernières décennies. Il ne se souvenait pas de l'avoir vue lorsque lui et Rae s'y étaient rendus pour récupérer des affaires pour le mariage de Flicka quelques mois auparavant. Pour son propre mariage, Flicka s'était rendue à Hanovre pour faire un raid dans les armoires familiales et y prendre les diamants.

Pourtant, Liesel lui semblait incroyablement familière. Ses pommettes, et la ligne de sa bouche, surtout.

Wulf retourna s'asseoir, bien qu'il tint le pistolet et le posa sur ses genoux, pointant vers le fond de la suite.

Il pensait que Liesel devait avoir peut-être dix ans de plus que lui, et qu'elle ne pouvait donc pas avoir été en service quand il était petit, quand il avait vécu là. Elle avait dû être engagée après qu'il soit parti à l'âge de cinq ans pour aller au pensionnat.

Quand il avait neuf ans, et qu'il se remettait de l'attentat, peut-être ?

Non. Il ne se souvenait pas d'elle, et il avait passé la plupart de son temps à l'hôpital, de toute façon, jusqu'à ce qu'il retourne en pensionnat.

Quand sa mère était tombée malade, quand il avait quinze ans et qu'il était revenu au château de Marienburg pour un dernier séjour, avant que lui et Flicka ne retournent à l'école?

Il passa en revue ses souvenirs, en essayant de la vieillir, mais non, il ne se souvenait pas d'elle.

Un jour seulement après la mort de la mère de Wulf, son père avait emmené Flicka, six ans, au Rosey comme prévu, et Flicka avait rendu les responsables de dortoir folles de rage en se faufilant dans le dortoir des adolescents pour être avec Wulf, son seul parent vivant qui semblait s'intéresser à elle. Wulf avait obtenu la permission de prendre une maison et d'élever Flicka lui-même, hors du campus. Il n'était pas retourné au château de Marienburg après cela. Wulf s'était installé, avait engagé un chauffeur et quelques employés, et avait subtilisé Frau Rosamunde Keller à son père.

Wulf s'intéressa de plus près à Liesel.

De nombreux membres du personnel des von Hannover étaient au service de la noble famille depuis des générations, s'occupant de la maison et des propriétés. Les Schraders, par exemple, avaient des membres de leur famille qui travaillaient avec les chevaux depuis cinq générations.

Les Keller étaient au service de la maison depuis plusieurs générations aussi.

Et peut-être la génération en dessous...

Ces pommettes hautes, la ligne ferme de ses lèvres, Wulf était presque sûr qu'il était devant la fille de Rosamunde Keller, qui devait avoir environ vingt-cinq ans lorsque Wulf avait pris Georg et Rosamunde Keller pour travailler pour lui en Suisse.

Liesel se tenait debout, laissant glisser ses doigts sur le plateau d'argent, un geste sensuel.

Elle se retourna vers le père de Wulf, qui lui souriait avec une étincelle sombre dans ses yeux bleus.

— Merci, Liesel.

Il goûtait son nom dans sa bouche comme si sa langue caressait les L.

Le rougissement des pommettes de Liesel s'accentua. Sa main resta en l'air pendant un moment, près de l'endroit où la main de Phillipp serrait l'accoudoir de son fauteuil.

Phillipp tourna la paume de sa main vers le haut, avec désinvolture, et il caressa le bout de ses doigts en tendant la main vers la cafetière. Ses yeux bleus ne se plissèrent pas avec son sourire.

Sa froideur était épouvantable.

Liesel sortit de la pièce en fermant la porte derrière elle.

Wulf se retourna vers son père, menant mille pensées dans sa tête jusqu'à leurs conclusions logiques.

Au bout d'un moment, il lui demanda :

— Est-ce que vous baisez avec une de vos employées ?

— Ne sois pas vulgaire. Phillipp mélangea du sucre dans son café.

— Alors ? Est-ce que vous la baisez ? demanda à nouveau Wulf, sa voix devenant aiguë.

Phillipp posa sa cuillère sur le plateau.

— Quand je veux une femme, je vais boire un verre au yacht-club jusqu'à ce que l'une d'elles s'approche de moi, une femme jeune, belle et de notre classe de préférence.

— Vous êtes attaché à elle ?

Il regarda Wulf par-dessus sa tasse de café, et il souleva un coin de sa lèvre.

— C'est une domestique. Elle remplit son office.

Son père était un monstre.

Wulf mit ses mains sur ses genoux.

— Mes agents de sécurité vont remplacer les vôtres immédiatement. Vous êtes confinés dans ces salles pour le reste de la soirée. Demain, vous serez reconduits au Kaiserhaus. Ne vous attendez pas à recevoir des visiteurs ou à quitter la maison pendant un mois.

— J'ai une course dans deux semaines.

— Vous resterez dans cette maison. Personne ne fera vos bagages. Personne ne vous conduira à l'aéroport ou ne vous louera un avion. Votre voiture ne sera pas expédiée.

— Je les virerai tous et je les remplacerai par mes propres gens.

— Vous ne pouvez pas les virer, et vous ne pouvez pas embaucher de nouveaux employés. Vos comptes sont désormais sous mon contrôle. Tout votre personnel est à mon service, Wulf regarda vers la porte, même Liesel.

C'était encore un autre problème qu'il allait traiter avec délicatesse.

Il sortit de la suite, pour trouver Friedhelm, Matthias et trois hommes de l'équipe de Dieter qui l'attendaient dans le couloir. Il remit son oreillette et tapota dessus.

— Restez ici, dit-il à Matthias et à l'un des hommes de Dieter, puis il informa le reste de l'équipe par Bluetooth des nouvelles consignes. Il finit par dire à Matthias : si quelqu'un sort de cette suite, retenez-le. S'ils résistent, utilisez toute la force nécessaire. Friedhelm, tu viens avec moi.

Wulf s'éloigna de la porte au bout du couloir. Friedhelm et les autres hommes suivirent.

Dans son oreillette, Dieter demanda :

— Venez-vous de dire à Matthias de tuer votre père ?

— Je suis sûr qu'on n'en arrivera pas là, murmura Wulf.

— Je suis sur le chemin du retour, dit Dieter. Au diable d'être témoin. J'ai des droits sur l'élimination de votre père depuis des années.

— Tu ne te sortiras pas de cette situation si facilement. Retrouve-moi à l'église.

— Votre sœur orchestre déjà les nouvelles manœuvres pour le transport, dit-il. Elle ferait un brillant général, je la vois bien pousser des petits chars d'assaut sur une carte d'Europe.

Wulf monta dans l'ascenseur. Friedhelm et les autres entrèrent après lui et se tinrent au repos entre Wulf et les portes. Il dit :

— Notre famille a déjà essayé ça. Ça ne s'est pas très bien passé.

Son ancêtre avait choisi le mauvais camp lors de la guerre austro-prussienne de 1866 et avait perdu le royaume.

— Elle fait tout envoyer de l'hôtel. Nous arriverons à temps, mais *Durchlaucht,* Flicka me dit que vous devez aller directement à l'église.

— Je vais assurer à Rae que je vais bien, mais que j'ai été retardé, et que j'arriverai bientôt à l'église.

À travers l'écouteur, la voix de sa sœur s'éleva, précipitée.

— Je vais vous apporter vos vêtements. Allez à l'église ou bien j'enverrai le reste de mes hommes à votre poursuite. Nous sommes allés trop loin.

— Où est Rae ? demanda Wulf.

— Toujours à l'hôtel. Ils la préparent pour aller à l'église.

Son cœur se calma.

— Qui est avec elle ?

— Sa sécurité, comme nous l'avions prévu.

— Frau Keller ? demanda Wulf. Il fixa ses vieilles bottes militaires, marquées par les ans, et la moquette de l'ascenseur.

— Oui, bien sûr.

— Que Romain et vos hommes emmènent Rae à l'église immédiatement. Qu'ils se lèvent tout de suite, la mettent dans la voiture et l'emmènent. Laissez Julian avec Frau Keller à l'hôtel.

— Est-ce que c'est une urgence ? demanda Dieter.

Des scénarios défilèrent dans l'esprit de Wulf, tous plus dévastateurs les uns que les autres.

— Oui.

Le mot laissa un goût fétide dans sa bouche.

— Je m'en occupe.

À travers l'écouteur, Wulf entendit la voix de sa sœur s'élever en une suite de remontrances et un clic lorsque le téléphone se coupa.

Wulf retira l'écouteur de son oreille.

Les portes de l'ascenseur s'ouvrirent.

Friedhelm sortit devant lui.

— L'hôtel ?

— Oui, répondit Wulf. L'hôtel.

Chapitre Dix

ROSAMUNDE

Wulf von Hannover

ulf entra dans sa suite, sentant la façon dont l'air bougeait et observant les ombres sur les murs. Il savait que Rae et son entourage étaient partis, déjà en route pour l'église.

Il était seul, à part Frau Keller, assise sur le canapé, les mains serrées sur ses genoux, et Julian près d'une table dans le couloir. La main de Julian planait près de sa hanche et il fronçait les sourcils.

Wulf lui dit :

— Julian, s'il te plaît, attends dehors avec Friedhelm !

Julian leva les yeux, jeta un coup d'œil à Wulf puis à Frau Keller. Le froncement de ses sourcils blonds lui donnait l'air d'être en colère, car il devait surveiller la femme qui dirigeait la maison et qui était considérée comme l'une des personnes les plus fiables du personnel depuis des années.

Wulf avait parlé avec Rae pendant quelques instants alors qu'elle était dans la voiture, et elle avait fini par lui dire :

— Arrive là-bas aussi vite que possible. Je te couvrirai.

Son cœur s'était un peu raccommodé à ses paroles, mais en ce moment, il lui faisait mal.

La porte se referma derrière Julian et Friedhelm.

Wulf s'assit sur une chaise près de Rosamunde et appuya ses bras sur ses genoux, en serrant les mains. Il parlait l'allemand avec elle, sa langue maternelle, la langue de son enfance. Cela le réconfortait.

— Parle-moi de Liesel.

Rosamunde cligna des yeux, et la ride entre ses yeux s'accentua.

— Est-ce qu'elle va bien ?

— Oui, oui, elle va bien. Sais-tu qu'elle est ici ?

— À Montreux ?

— Oui.

— Mais pourquoi serait-elle ici ? Elle ne m'a pas appelée. On se serait vues.

— Parle-moi d'elle, dit Wulf.

— Elle était mariée avant que nous ne soyons à votre service. Ça n'a pas marché, mais elle va bien.

— Tu n'as jamais mentionné son nom.

— Eh bien, je suppose que ce n'était pas nécessaire. Comment connaissez-vous son nom ?

— Je crois que je viens de la rencontrer. Wulf se mordit la lèvre, sentant sa propre chair entre ses dents. Savais-tu qu'elle travaillait pour mon père ?

— *Quoi ?* Rosamunde se leva, en agitant les mains. Elle travaille dans un restaurant. Elle est serveuse et hôtesse. Elle n'est *pas* domestique.

Wulf sentit ses épaules tomber de soulagement. Rosamunde ne le savait pas, et avec une telle réaction de la part de son employée stoïque, il la crut.

— Elle était dans la suite de mon père. Elle

portait l'uniforme noir habituel et nous a apporté un plateau à café.

— Vous êtes sûr ? L'horreur transparut dans sa voix.

— Vous avez sa photo ?

— Oui, bien sûr. Rosamunde prit son téléphone dans son sac à main et fit défiler les photos. Elle tourna l'écran vers Wulf. Ça ne peut pas être elle.

Wulf regarda la femme sur l'écran et soupira. Elle avait les mêmes pommettes et les mêmes lèvres fermes que Rosamunde.

— C'est la femme que j'ai vue dans la chambre de Phillipp.

— Non ! Rosamunde regarda l'écran de son propre téléphone, et elle s'assit lourdement. Elle me l'aurait dit.

— Tu lui as parlé de nos projets de voyage, de notre situation, qui était la famille de Rae ?

La main de Rosamunde se porta à sa bouche.

— Oh, Wulfram. Je suis vraiment désolée. Je vous donne ma démission, la mienne et celle de Georg. Son mari, Georg, avait été le premier chauffeur de Wulf lorsqu'il était au lycée et était maintenant son majordome principal.

— Non, dit Wulf. Je n'accepte pas vos démissions, et je ne changerai pas d'avis, mais nous devons discuter des limites de ce que tu peux dire à Liesel.

— Je n'arrive pas à croire qu'elle lui ait dit, qu'elle se soit transformée en espionne. Je suis désolée. Je pensais que je parlais en toute confiance avec elle. Elle sait ce que je pense de lui, des choses qu'il a faites.

— Liesel a-t-elle mentionné qu'elle voyait quelqu'un ?

— Eh bien, oui, dit Rosamunde, un peu moins amère. Elle a dit qu'il y avait quelqu'un, qu'elle était optimiste quant à ses chances.

— Vous devez la dissuader. Il se sert d'elle. Il est cruel et il n'a aucun sentiment pour elle.

— Ah, dit Rosamunde, compréhensive, puis horrifiée. *Non,* elle ne peut pas…

— Il manipulerait n'importe qui.

Rosamunde ferma les yeux.

— Je vais lui dire. Je lui dirai qu'elle ne peut pas lui faire confiance, et ensuite je ne lui parlerai plus.

— Ce n'est pas une bonne solution, dit Wulf. C'est ta fille. Tu ne peux pas te retirer de cette relation. Tu ne dois rien divulguer sur nous ou nos projets, c'est tout.

— Je ne le ferai plus. Oh, Wulfram. Je suis tellement désolée.

— Il s'est joué de nous tous. J'aurais dû me douter qu'il ferait quelque chose d'aussi répréhensible que ça.

Wulf devrait semer un peu de désinformation auprès de Rosamunde, quelque chose de précis, et ensuite faire surveiller par ses nouvelles forces de sécurité si son père agissait en conséquence, mais il était persuadé que c'était pour la bonne cause.

Rosamunde. De tous, *Rosamunde* avait été l'espionne involontaire de son père, et Wulf méprisait encore plus son père de l'avoir utilisée.

Chapitre Onze

SALON D'ESSAYAGE

Rae Stone-von Hannover

Rae attendait dans la loge du sous-sol de l'église, ligotée dans la robe de mariée sophistiquée que Flicka l'avait aidée à choisir. Le corset qui se trouvait en dessous était vraiment une merveille de l'ingénierie mécanique. Si jamais elle se retrouvait en rade, Rae était sûre qu'il pouvait être déplié pour former un pont suspendu.

Lizzy, l'amie de Rae à l'université, s'était occupée d'elle tout l'après-midi, prenant évidemment la relève de Wulf dans ce domaine, mais elle faisait une pause. Elle était toute recroquevillée en une petite boule blonde dans un coin de la causeuse, et pianotait sur son téléphone.

— Il est déjà là ? demanda Rae à Flicka.

Flicka parlait, envoyait des SMS et faisait glisser ses doigts si vite sur son téléphone qu'ils en étaient flous. Sa robe blanche de demoiselle d'honneur, un fourreau de soie d'apparence confortable, la moulait parfaitement sans qu'aucun pli ne gâte le tissu.

Elle grogna et leva un doigt pendant qu'elle terminait le texto avec son autre pouce.

— Voilà. Je n'arrive pas à croire que ce connard m'ait kidnappée pendant trois heures entières. Je vais décapiter quelqu'un. Les serviettes de réception sont blanches. *Blanches*. Et en polyester. Nous avions spécifié ivoire, en soie brute non blanchie il y a des mois.

Rae demanda :

— Wulf est-il déjà là ?

Flicka secoua la tête.

— Julian a dit que Wulfie et Mme Keller venaient de quitter l'hôtel pour l'église.

Rae soupira parce que, avec Wulf, elle était toujours inquiète. Même quand il était entouré par une équipe de sécurité, elle s'inquiétait.

— Il n'est toujours pas habillé. Ses vêtements sont là. Nous sommes déjà en retard de quinze minutes. Il va falloir une heure. On va avoir une heure de retard !

Rae sourit.

— Ça va aller. Nous avons quatre heures avant de faire notre entrée à la réception. Ça va aller. J'aimerais bien que Georgie soit là.

Elle jeta un coup d'œil à Dieter, qui était assis sur une chaise, les mains posées sur les genoux, face à la porte. Même lorsqu'il essayait de paraître désinvolte, il avait toujours l'air prêt à bondir et à se jeter sur quelqu'un ou tirer si nécessaire.

Georgie était le troisième membre de leur parfaite triade de copines de fac : Lizzy, Georgie et Rae. Georgie s'était enfuie avec un groupe de rock, mais c'était une longue histoire.

Flicka regarda Rae sans rien dire puis caressa son bras.

— Si elle peut venir, je suis sûre qu'elle le fera.

— Tu n'as pas reçu d'autres messages ?

— Pas depuis la réponse extrêmement tardive d'hier, ricana Flicka.

— Tu penses qu'elle va bien ?

Flicka leva les yeux sur elle.

— Elle n'arrête pas de dire qu'elle va disparaître, pour échapper à tous ceux qui la poursuivent, à tous ceux qui l'ont traquée. Ça doit être bien de penser qu'on est si insignifiante qu'on peut s'enfuir comme ça.

— Mais elle n'est pas insignifiante. Elle a des gens qui l'aiment.

— Peut-être que c'est la meilleure option pour elle, dit Flicka, en faisant une pause et en fronçant les sour-cils. Peut-être qu'elle a peur que les gens qui sont après elle tuent ses amis si les balles la manquent. Ils l'ont pourchassée toute sa vie, depuis que son père a escroqué ces criminels, en tout cas. Peut-être que sa vie est si misé-rable, si superficielle, si mauvaise et si aliénante qu'elle veut vraiment mourir, mais ne peut pas se résoudre à le faire, alors, au lieu de ça, elle continue à s'enfuir.

Rae, une psychologue en herbe, ressentit tous ces mots comme des avertissements qui clignotaient avec une violente lumière rouge, et sa poitrine se serra.

— Est-ce qu'elle t'a dit ça ? demanda Rae, en tendant la main pour toucher le bras de Flicka. Est-ce que Georgie a dit qu'elle pensait à se faire du mal ?

— Non, je joue juste au psy de comptoir. En fait, je lui ai à peine parlé, ni à quiconque d'ailleurs, depuis des mois, à l'exception des organisateurs de mariage, des traiteurs, des fleuristes et des designers, et maintenant j'ai perdu trois heures entières. Il faut que je m'occupe de ces serviettes, sinon les gens vont jaser. Bon Dieu, Rae ! *Des serviettes blanches en polyester !* Que vont dirent les gens ?

Les gens diraient probablement que les serviettes essuyaient correctement les miettes de nourriture et les taches de vin sur leurs lèvres, mais Rae s'abstint. Flicka avait mis tout son cœur dans ce mariage, réussissant à mettre en place un raout mondain dans un délai incroyablement court, puis à reporter la date à la dernière minute à un mois plus tard, alors que Rae n'aurait pas su par où commencer.

— Tu as fait un travail remarquable, Flicka. J'apprécie tout ce que tu as fait, et c'est magnifique et parfait.

La méfiance dans les yeux vert foncé de Flicka blessa le cœur de Rae.

« Vraiment ! insista Rae. Je suis sérieuse. Je suis stupéfaite de tout ce que tu as fait. Tout est absolument parfait. Tu as fait un travail merveilleux. Merci, et j'en pense chaque mot. » Flicka cligna des yeux en se mordant les lèvres.

— OK. Merci. Je suis contente que ça te plaise. Elle ne souriait toujours pas. Maintenant, si tu veux bien m'excuser quelques minutes, je dois m'assurer que mon frère, qui est à la pointe de la mode, mette le bon costume parce que s'il y a deux costumes dans le sac à vêtements, il choisira le mauvais, et ensuite j'ai un designer de table à éviscérer s'il ne produit pas deux mille serviettes en soie écrue dans les trois prochaines heures.

— Quatre heures, lui rappela Rae, en espérant réduire la tension.

— Trois, dit encore Flicka. Parce qu'il faut que j'ai le temps de fouetter le staff pour qu'ils plient les serviettes en forme de parfaits foutus petits cygnes.

Chapitre Douze

CE N'EST PAS UN STRATAGÈME

Wulf von Hannover

*W*ulf sortit de la voiture et marcha sur le trottoir sous le doux soleil d'août. L'église où il devait épouser Reagan se dressait au-dessus, se dressant dans la brise claire du lac Léman et des montagnes qui l'entouraient, un parfum particulièrement riche qui remplissait ses souvenirs d'enfance.

Les grandes portes en bois de la façade de l'église s'ouvraient d'une légère traction de la main, et il se glissa par une petite ouverture entre elles, ne laissant pas la lumière du soleil envahir l'église.

Après l'enlèvement de Flicka, la cérémonie avait déjà été retardée. Dans la partie principale de l'église, les invités du mariage remplissaient les bancs, se tenant debout et discutant avec les gens de différentes rangées. Étant donné que la plupart d'entre eux vivaient sous les feux de la rampe, c'était probablement une bonne occasion pour eux de parler avec leurs amis sans être observés.

Dans la relative obscurité de l'entrée, il trouva

l'escalier qui descendait vers les pièces situées sous le niveau principal. L'odeur poussiéreuse de la vieille fumée d'encens s'accrochait aux murs et la moquette fraîche sous ses pieds.

À l'intersection de trois couloirs au bas de l'escalier, Wulf s'arrêta, et tendit l'oreille.

Le rire de Rae, un rire rauque et jubilatoire, se répandit dans l'air.

À gauche.

Il suivit la trace du rire de Reagan qui se répercutait entre les murs de bois et les appliques qui semblaient rappeler des torches médiévales.

Dès la seconde où il l'avait entendue rire, il avait su qu'elle allait bien. Il s'était déjà entretenu avec Dieter, qui lui avait assuré qu'ils étaient arrivés à l'église avec Flicka et que Rae était présente, en forme et pas en colère contre lui. Avant cela, dans la voiture, il avait été en contact avec Romain, qui lui avait assuré qu'ils avaient sorti Rae de l'hôtel et qu'elle était arrivée à l'église saine et sauve.

Il savait qu'elle était en sécurité. La porte étouffait son rire, et de l'autre côté de cette porte, elle était en bonne santé et allait bien. Il n'était pas nécessaire d'ouvrir la porte. Cela risquait de la déstabiliser en raison de la malchance qu'elle pourrait y voir.

Et pourtant, Wulf ouvrit la porte.

Non pas pour la taquiner sur le fait que voir la mariée avant le mariage portait malheur.

Il poussa la porte en bois parce qu'un sursaut illogique et impérieux lui faisait penser que l'enlèvement de Flicka était peut-être une diversion, et que son père avait peut-être envoyé quelqu'un pour blesser sa femme pendant qu'il courait après sa sœur.

Une colère meurtrière vacillait près de ce frisson de peur.

La porte s'ouvrit pour révéler Reagan en train de rire avec Lizzy à propos de quelque chose. Toutes deux portaient des robes blanches immaculées, bien que celle de Reagan soit plus élaborée.

Ses doux yeux marron s'écarquillèrent.

— Wulf ! Tu pousses un peu le bouchon là ! Je porte *ma robe* !

Wulf fit un geste à la petite femme blonde à côté de sa femme.

— Lizbeth, on a besoin de la pièce.

— Quoi, mec ? Tu n'es plus Le... commença Lizbeth.

Rae le surveillait. Quand ses yeux se fixaient sur lui comme ça, il avait l'impression qu'elle était la seule personne au monde à pouvoir vraiment le voir. Le regard de tous les autres ricochait sur lui, glissant sur les bords tranchants de son histoire et de l'image projetée, et ils ne le voyaient jamais vraiment.

Elle se retourna, mais elle ne quitta pas Wulf de ses grands yeux.

— Lizzy, donne-nous une seconde.

— OK. Lizzy passa devant lui, et il ferma la porte derrière elle.

Rae le regardait toujours. Elle était si belle, toute maquillée et prise dans cette robe en forme de sablier. Un voile blanc fantomatique avait été cousu sur la tiare de mariage que sa sœur avait récupérée au château de Marienburg. Des diamants scintillaient dans le sombre flamboiement de ses cheveux. Elle dit :

— Flicka est parti te chercher. Est-ce que ça va ?

Il franchit la pièce en deux enjambées et la

plaqua contre lui. Ses bras puissants s'enroulèrent autour de sa taille.

— C'était peut-être un stratagème.

— Ce n'en était pas un, dit-elle, ses bras s'enroulant autour de son buste. Il n'y a pas eu le moindre problème. J'ai toujours le Walther PPK dans un étui dans ma jarretière.

Wulf laissa sa tête tomber pour appuyer sa joue contre sa tempe.

— Porte-le pendant la cérémonie.

— J'en avais bien l'intention.

Il pouffa et tint son corps cambré dans ses bras un instant de plus.

— Il fallait que je te voie, pour m'assurer que tu allais bien.

— Je vais bien. Je te le promets. Je vais bien.

Wulf fit courir ses mains dans son dos, sentant les tendons le long de sa colonne vertébrale sous la robe.

Tout ce qui avait de la valeur dans sa vie était là. Tout ce dont il avait besoin.

Chapitre Treize

MARIAGE

Wulf von Hannover

ulf quitta la pièce réservée à la mariée, trouva sa propre loge, se fit indiquer par son incorrigible jeune sœur quel smoking enfiler et quelles médailles épingler en petite rangée sur son pectoral gauche à l'endroit exact (comme si elle ne lui avait pas déjà donné d'instructions à ce sujet ce matin-là, et par vidéoconférence au moins une fois par semaine depuis des mois) et se tint près de l'autel pour la procession. Flicka ne semblait pas affectée par son récent kidnapping, tout aussi agitée et efficace qu'elle ne l'avait jamais été. Ses ordres aux maquilleurs et aux habilleuses semblaient particulièrement clairs, voire même déterminés, alors qu'elle conduisait tout le monde en un parfait ballet. Quelques minutes plus tard, il se tenait dans l'allée de l'église et faisait un signe de tête à sa tante qui semblait presque étourdie, au premier rang. Elle adorait les mariages.

Ses amis les plus proches - Dieter, Yoshi et son cousin Wills - se tenaient derrière lui.

Les portes du fond s'ouvrirent, et sa sœur Flicka descendit l'allée, toujours aussi gracieuse, quasiment en rythme avec la musique.

De temps en temps, il pouvait voir que sa sœur beaucoup plus jeune était devenue une belle femme, et non plus la petite enfant traumatisée qui s'était glissée dans son dortoir chaque nuit jusqu'à ce que même le directeur coincé ait accepté qu'on fasse une exception pour elle.

Flicka glissait dans l'allée, vêtue d'une robe blanche, et Wulf respira parce que ce travail, au moins, était fait. Chaque soir, pendant des années, il avait prié pour vivre assez longtemps pour la voir devenir adulte, et elle était là, sa plus grande réalisation.

Lizzy descendit ensuite l'allée, sa petite copine du Sud-Ouest américain, un lutin de femme. L'avoir, parmi eux, à son mariage le faisait presque rire, mais le fiancé de Lizzy, qui rayonnait au fond de l'église, l'empêchait d'afficher trop de gaieté. L'homme oscillait entre protection et obsession, et il était exactement ce dont Lizzy avait besoin.

Et puis Rae.

Le soleil brillait à travers les vitraux dans ses cheveux auburn, sous le voile blanc, lorsqu'elle se mit à remonter l'allée, un sablier blanc ondulant gracieusement et qui faisait retourner tout le monde pour le voir.

Elle remonta l'allée au bon rythme, son cousin Craigh l'escortant au milieu de l'assemblée debout.

Lorsqu'elle atteignit Wulf, il put voir ses yeux marron et chauds derrière le voile, et elle lui sourit.

Chaque fois qu'elle lui souriait, son cœur battait un peu plus fort, et il sentait la vie dans ses veines.

Chapitre Quatorze

UNE DERNIÈRE CHOSE

Rae Stone-von Hannover

*L*e prêtre avait terminé son court sermon et bénissait les anneaux en récitant les phrases consacrées.

Rae respirait, absorbant chaque instant, retenant chaque regard dans son cœur. Oui, ils étaient mariés sur le papier depuis des mois, mais c'était, pour elle, la cérémonie qui rendait tout cela réel.

C'était drôle parce qu'elle avait toujours pensé que ce moment se passerait dans la minuscule église en bois de sa ville natale, et non dans une cathédrale extravagante - elle était presque sûre que cette église était qualifiée de cathédrale - en Suisse.

Suisse, et elle sourit un peu plus.

Elle s'y habituerait, lui avait assuré Wulf, mais pour l'instant, tout lui semblait encore magique.

Surtout Wulf. Il avait vraiment l'air magique. Seule la magie aurait pu les rapprocher.

Au fond de l'église, les portes s'ouvrirent à la volée.

Oh, mon Dieu.

Différentes possibilités lui passèrent par la tête : le père de Wulf, Phillipp, remontait l'allée pour faire part de ses objections, son propre père levait une arme et abattait Wulf juste avant d'être abattu par les agents de sécurité de Wulf, l'une des ex-copines de Wulf arrivait pour lui arracher royalement les yeux, ou un tireur solitaire et fou, celui qu'elle redoutait, un chacal impossible à contrôler.

Mais la silhouette qui se dessinait sous le soleil de l'après-midi était mince, et elle avançait d'une démarche chaloupée. Une longue tresse se balançait dans son dos.

Rae fit de l'ombre avec sa main, essayant de mieux voir, et dit tout haut :

— Georgie ?

Et oui, Georgie était là, et tout était parfait.

Chapitre Quinze

SE CASER

Rae Stone-von Hannover

*E*n ce moment, ce moment fébrile, j'ai tout ce que je veux : mon mari devant moi, me tenant la main, tous mes amis autour de moi (même celle que nous n'avons pas pu trouver pendant un certain temps,) mon cousin sur le côté de l'église, brandissant son téléphone portable pour envoyer en live une vidéo à ma mère (qui se cache dans la grange pour regarder) et un enfant qui grandit en moi.

La clinique pour autistes, dont je bassine tout le monde dans des conférences ennuyeuses, va ouvrir ses portes dans quelques semaines. Lorsque j'aurai terminé l'université, je tournerai la clé dans la serrure et j'y entrerai.

J'ai de l'amour, j'ai un bon travail et j'ai ma vie. Je suis libre et pourtant je suis soutenue et aimée.

Mes espoirs les plus désespérés et les plus impossibles sont devenus mon avenir.

Chapitre Seize

VIGILANT

Wulf von Hannover

*J*e lui tiens les mains dans ce moment impossible, un moment que je n'aurais jamais cru voir, et mon cœur est rempli de joie.

Derrière Rae, ma Rae, ma femme, ma sœur Flicka, me sourit. L'enfant que j'ai élevée depuis la maternelle est une jeune femme mariée. Elle n'a plus besoin de moi, ce qui signifie que j'ai bien réussi. Je priais pour vivre jusqu'à ce qu'elle puisse prendre soin d'elle-même.

Aujourd'hui, Rae me donne une autre chance d'être père. Cette fois-ci, je vais regarder l'enfant grandir dès sa petite enfance. Chaque jour où je vois des changements chez Rae est une révélation. Chaque moment est une prière.

Je suis vigilant, je m'attends à entendre le déclic d'un chien de revolver ou à voir l'éclat de la lentille d'un fusil, mais il n'y a rien, rien que de la musique et de la lumière qui provient des bougies et des petites lampes et ses petites mains dans les miennes.

J'étais un fantôme, mais maintenant je suis en vie.

Et, bonté divine, j'ai l'impression que je pourrais vivre. Enfin !

Partie Huit

ÉPILOGUE 8 : CONTINUER À RÊVER

Milliardaires incognitos : Rae et Wulf

(VRAIMENT, CETTE FOIS-CI, C'EST LE DERNIER.)

Chapitre Un
WULF

*L*a salle de réveil sentait l'antiseptique et le sang.

Wulf déglutit difficilement en essayant de s'éloigner des souvenirs que l'odeur cuivrée et salée provoquait.

L'infirmière déposa le petit paquet emmailloté dans les mains de Wulf. La couverture rose et bleue était enroulée autour du bébé, et seul son minuscule visage ridé dépassait du coton.

C'était la plus belle créature qu'il ait jamais vue.

Les muscles des bras de Wulf semblaient trop durs autour du bébé, comme s'il pouvait lui faire mal rien qu'en le tenant. Le visage chiffonné de l'enfant remuait, comme si elle essayait d'exprimer quelque chose, ou comme si elle réalisait simplement qu'elle avait un visage. Sa tête était plus petite que le poing de Wulf.

Ses mains autour d'elle semblaient énormes.

Quelque chose était logé dans la poitrine de Wulf, et ses poumons étaient douloureux.

Wulf entoura le bébé de ses bras, la protégeant du monde entier, et il retourna vers Rae, toute faible dans son lit de convalescence. La sueur assombrissait ses cheveux auburn et luisait sur son visage. Sa respiration irrégulière ressemblait aux battements de son cœur.

— Ils l'ont ramenée, dit-il à Rae. Le personnel de l'hôpital avait emmené le bébé après la césarienne d'urgence, le rassurant sur le fait qu'ils ne faisaient que vérifier ses signes vitaux et une injection de vitamine K.

Rae hocha la tête, un sourire en coin, et tendit les bras vers leur bébé.

Wulf fit pivoter ses mains sous ce minuscule morceau d'humanité et le déposa dans les bras de Rae. Le sourire épuisé de Rae éclaira son visage.

— Peux-tu bouger tes jambes ? demanda-t-il, en passant les doigts le long de la couverture tissée qui la recouvrait.

— Pas encore. Elles picotent. Quand ils m'ont fait la péridurale, ils ont dit que ça prendrait un moment.

Ils avaient fait sortir Wulf de la salle d'opération pendant que l'anesthésiste lui faisait l'injection, et Wulf avait essayé de faire jouer son rang et ses privilèges, comme si de telles tactiques avaient pu fonctionner dans un hôpital américain…

Rae sourit à leur enfant dans ses bras, ses cheveux auburn s'accrochant à sa joue et à son cou. Il écarta une mèche, la décollant de sa peau humide. Le travail était plus avancé qu'elle ne l'avait laissé entendre lorsque l'hélicoptère des urgences était arrivé à l'hôpital. Lorsque l'obstétricienne l'avait examinée, la femme avait fait la grimace, en réalisant que Rae en était déjà là.

Rae avait saigné au début de la grossesse. On avait déterminé que le placenta du bébé s'était implanté près de son col de l'utérus, une pathologie appelée *placenta praevia*, et un travail et un accouchement par voies basses auraient pu la tuer. Une césarienne avait été programmée le jour suivant.

Lorsque Wulf avait vu la panique sur le visage du médecin, son cœur s'était mis à battre irrégulièrement et des sueurs froides l'avaient envahi. Sa femme. Sa fille. Sa famille.

Toute sa vie.

Il se pencha, embrassa le sommet du crâne de Rae et posa sa joue sur son cuir chevelu humide pour regarder leur fille. Les yeux gris-bleu du bébé bougèrent, suivant peut-être la lumière.

— Elle pourrait avoir mes yeux.

— Je déteste te dire ça, mais, la voix épuisée de Rae atteint directement le cœur de Wulf, beaucoup de bébés blancs ont les yeux bleus. Ils pourraient changer de couleur plus tard.

Wulf sourit. Sa petite Rae contrariante était toujours aussi fougueuse. Il espérait que les yeux du bébé deviendraient marron foncé, comme ceux de Rae. Le duvet sur sa tête semblait un peu plus foncé que le blond platine de sa petite sœur Flicka à la naissance. Il avait fait la connaissance de Flicka à l'âge de trois mois parce qu'il était en pension. Il comptait encore certains de ces souvenirs, comme quand il jouait avec elle, parmi les plus joyeux de sa vie.

Il ne pouvait pas penser à sa sœur à ce moment-là. Flicka avait disparu depuis quatre mois.

Les lèvres roses du bébé se pincèrent, elle jeta un coup d'œil aux lumières et battit des paupières.

Wulf regardait l'enfant, se délectant de chacun de ses mouvements, la main sur l'épaule de Rae.

Les médecins et les infirmières s'assurèrent que les moniteurs affichaient tous les bons chiffres et quittèrent la pièce. Auparavant, ils lui avaient dit quelque chose, et après quelques civilités il leur avait serré la main. Une partie de son cerveau l'informerait plus tard de ce qu'il a dit, mais à ce moment-là, son âme était remplie de Rae et de leur petite fille.

Victoria Augusta, Princesse de Hanovre, pour l'instant. Elle recevrait le reste de ses prénoms, ceux de ses marraines, lors de son baptême.

Il espérait que l'un de ses noms serait Friederike, si Flicka était retrouvée saine et sauve à temps.

Ce scénario devenait de plus en plus improbable au fil des jours, et Wulf serra plus fort sa femme et son enfant.

Les fascinantes petites lèvres de Victoria se soulevèrent et s'entrouvrirent.

Wulf regarda autour de la pièce, s'assurant qu'ils étaient seuls. Il embrassa à nouveau le haut de la tête de Rae.

—Je t'aime, tellement.

Rae dégagea un bras et lui toucha la main.

— Je t'aime aussi. Elle le regarda dans les yeux. L'intelligence réapparaissait dans ses yeux alors que la drogue cédait la place.

—Je ne peux pas m'empêcher de la regarder.

Wulf se déplaça et se coucha à côté de Rae dans le lit étroit. Avec deux spécimens aussi costauds qu'eux, il fallait se serrer un peu. Il enroula ses bras autour de ses deux filles, un bras en travers de la poitrine de Rae et autour de l'enfant, et un bras sous les épaules de Rae. Sa tête reposait sur une de ses épaules.

Rae sourit malicieusement.

— Tu me protèges à nouveau.

— Oui. Toujours.

Rae nicha la tête dans ses bras.

— Qu'est-ce qui se passe, là-dedans ? Elle jeta un coup d'œil sur son front.

Tout ce qu'elle souhaitait savoir, elle finissait par le lui arracher. La capitulation rapide était sa meilleure option, même si c'était dur.

Il se laissa aller à sourire d'un coin de la bouche, essayant de minimiser le fatalisme plutôt allemand.

— Je ne pensais pas que je vivrais assez longtemps pour avoir un enfant à moi.

— Oh, Wulf. Rae jeta un regard vers le bébé, mais Victoria avait fermé les yeux. Elle fit glisser l'enfant entre eux deux.

— J'avais imaginé que l'univers m'avait donné Flicka à élever, car ce serait ma seule chance d'être père.

Il se pencha en avant, posant sa tête contre celle de Rae, comme il le faisait toujours quand les émotions montaient en lui, au point de le faire craquer.

Elle appuya sa main sur sa poitrine, là où son cœur battait.

— Tu dis les choses les plus déchirantes que j'ai jamais entendues.

Il les berça tous les deux.

— Je ne laisserai jamais rien t'arriver.

— Je sais.

Chaque moment de la vie était précieux et devait être saisi et chéri. Peu importe le temps qu'il lui restait, Wulf vivait ce moment, et tous ceux qui suivraient.

Chapitre Deux

RAE

·············

$\mathcal{U}$n bébé.
     Nous avons un bébé.

Il y a un an, alors que je vivais sur le campus de l'université, ma famille de dingues sectaires contrôlait tous les aspects de ma vie, m'obligeant même à partager ma chambre avec ma cousine qui leur faisait des rapports sur moi. Ils m'avaient menacée d'excommunication si je mettais un orteil en dehors des limites, si je remettais en cause une de leurs folles croyances. Il y avait tellement de folles croyances, un nombre incalculable de folles croyances. Je me spécialisais en psychologie et j'essayais d'apporter un peu le bien dans ce monde, j'essayais désespérément. Un de mes cousins était autiste, terriblement atteint. J'avais l'idée d'une clinique pour les enfants autistes, mais je ne savais pas comment réaliser ça en dehors d'obtenir mon diplôme et j'espère avoir trouvé une solution.

     Puis tout a tourné à l'enfer, rapidement.

     J'ai cru que j'étais foutue. Je pensais que tout

s'était effondré autour de moi. Je pensais que ma chance était passée.

Mais ce n'était pas le cas.

Wulf m'a sauvée. Un hasard a fait que nous avons baisé vite fait ensemble un soir d'une manière peu recommandable et que nous sommes tombés amoureux.

Maintenant, je suis mariée à un prince, un prince honnête, même si sa famille a été destituée il y a plus d'un siècle et qu'il combattrait toute tentative de rétablir la monarchie de Hanovre par tous les moyens légaux à sa disposition - et il en a beaucoup - et maintenant nous avons un bébé.

Victoria est si petite. Bien sûr, je savais qu'elle serait petite, quelques grammes au-dessus de trois kilos, mais elle est si petite.

Et ridée.

Je pense que je suis toujours défoncée aux analgésiques.

Bien sûr que je le suis.

Quand nous étions seuls, Wulf regardait Victoria de la même façon qu'il me regarde, avec ce tendre éclat dans ses yeux sombres et bleus comme du cristal.

Lorsque Georgie et Alexandre sont entrés, Wulf s'est redressé, sa posture et son maintien se sont raidis, et il a accepté leurs félicitations. Il expose toujours ce visage fermé et froid à la face du monde.

C'est seulement avec moi qu'il laisse cette coquille se briser jusqu'au bout et qu'il laisse voir à quel point il est vulnérable en dessous, et combien il a été seul.

Lizzy et Georgie sont là aussi en ce moment, avec leurs maris, Théo et Alexandre, et ils rient et essaient de faire croire qu'ils sont à l'aise pour se faire passer le bébé, mais bien sûr, ils ne le sont pas. J'ai toujours peur de la casser, ou ce serait le cas si je n'étais pas abrutie par la morphine.

Victoria est le premier bébé de notre petit groupe - Lizzy, Georgie et moi - mais j'ai le sentiment qu'elle ne sera pas la dernière.

Lizzy a laissé entendre qu'ils allaient bientôt "avoir" un bébé, et Victoria pourrait donc être l'aînée d'un tout nouveau groupe d'amis.

Elle aura besoin d'eux.

J'ai grandi entourée de cousins, beaucoup de cousins, tous avec des croyances et des attitudes légèrement différentes. Sans eux, je n'aurais probablement pas pu m'enfuir, retrouver Lizzy et Georgie qui sont devenues mes sœurs, retrouver Wulf, qui est devenu mon protecteur et mon âme sœur.

Je ne veux pas que Victoria grandisse seule.

La plupart des membres de ma famille ne me parlent pas parce que je suis partie de mon côté, parce que je ne vis pas ma vie comme ils l'exigent, soumise et effrayée et avec la tête et le cœur vides.

La famille signifie autre chose que la similitude de l'ADN ou du groupe sanguin.

La famille signifie l'amour, et peu importe où nous sommes, peu importe où nous allons, peu importe si Lizzy est un jour la première dame de la Maison Blanche, si Georgie est toujours en tournée avec un groupe de rock et si je suis une princesse dans un château allemand. Nous serons toujours là les unes pour les autres.

Victoria sera toujours entourée d'amour.

～

La porte du couloir s'ouvrit au moment où Lizzy remettait Victoria à Rae.

Rae berça le bébé, ajustant ses bras autour du doux et chaud petit paquet et s'extasiant devant elle pendant un moment avant qu'elle ne prenne la peine de regarder le médecin ou l'infirmière qui venait lui faire une prise de sang ou vérifier les bips et les lignes sur les moniteurs.

Elle ne vit donc pas qui était là.

À côté de son lit, Wulf lui demanda :

— Pourquoi n'as-tu pas appelé ? Cela fait des mois.

Ce n'était pas quelque chose qu'il dirait à un médecin, et sa voix grave était forte et stressée. Wulf n'avait jamais l'air stressé.

Rae leva les yeux.

L'homme grand et costaud qui se dandinait dans l'embrasure de la porte portait un costume sombre. Les renflements sous les bras signifiaient qu'il était armé de pistolets dans des étuis sous la veste de son costume. Ses cheveux blonds ébouriffés et sa barbe courte étaient si bizarres que Rae faillit ne pas le reconnaître.

Dieter dit à Wulf :

— Il faut que je te parle. Son accent suisse ressemblait à de l'allemand mélangé à du français, et l'épuisement lui faisait une voix enrouée.

Wulf la regarda.

— Vas-y. Vas-y ! Alors que son mari se dirigeait vers la porte, elle appela Dieter, qui s'était retourné et sortait de sa chambre d'hôpital : tu l'as trouvée ?

Dieter jeta un regard en arrière.

— Je dois d'abord lui parler. Ensuite, je vous mettrai au courant.

— Est-ce que Flicka est vivante ? Rae dit ça aussi fort qu'elle pouvait, la voix ridiculement encore faible depuis l'opération.

— Probablement. Elle l'était hier. Dieter fit sortir Wulf de la chambre d'hôpital.

Rae serra sa fille plus fort. Le monde était un endroit terrible où même une personne aussi bien surveillée que la sœur de Wulf, Flicka, pouvait disparaître si complètement que même Dieter et sa société de sécurité privée, un terme bien anodin pour désigner sa vaste force de mercenaires et d'anciens opérateurs des opérations spéciales, ne pouvaient pas la trouver et la ramener à la maison.

Victoria Augusta von Hannover cligna des yeux et les ferma, sombrant peu à peu dans le sommeil.

fin

IL ÉTAIT UNE FOIS

*V*ous voulez encore lire des histoires de « Milliardaires Incognitos » ?

Lorsqu'une princesse moderne tombe amoureuse de son garde du corps, un conte de fées royal devient dangereux.

IL ÉTAIT UNE FOIS, une belle princesse, Flicka von Hannover qui menait une vie de rêve. Elle parcourait l'Europe en organisant des événements caritatifs avec des amis, elle avait épousé un beau prince, avait eu le mariage royal le plus spectaculaire du 21e siècle et aurait dû vivre heureuse pour toujours.

Mais elle trouva le beau prince au lit avec une duchesse. Et puis une serveuse de café. Et puis sa propre foutue secrétaire.

Finalement, le prince commit l'impensable, et la belle princesse s'enfuit.

Le prince ne voulait pas la laisser partir. Il ne pouvait pas prendre son trône sans elle et il envoya des hommes de main pour la ramener au château.

Son frère, inquiet, envoya aussi des gens à sa recherche.

Le prince la menaça. Il dit que si la princesse contactait son frère ou l'un de ses amis pour obtenir de l'aide, il tuerait son frère et la nouvelle femme enceinte de celui-ci.

La princesse se précipita donc vers la seule personne en qui elle pouvait avoir confiance, un homme qui n'était franchement pas un beau prince.

Dieter Schwarz avait été le garde du corps de Flicka pendant des années. Il l'avait protégée des assassins, des kidnappeurs et des lycéens qui devenaient trop pressants après quelques verres. C'était un ancien opérateur des forces spéciales suisses, à l'esprit vif, à la mâchoire carrée et à la musculature puissante, qui avait créé sa propre société de sécurité, Rogue Security, et qui ne parlait jamais de son passé.

Personne ne savait qu'il avait été son premier amant et lui avait brisé le cœur, mais il était le seul en qui elle pouvait avoir confiance désormais.

Obtenez
IL ÉTAIT UNE FOIS
Milliardaires Incognitos : Flicka
https://blairbabylon.com/Flicka1FR

Si vous souhaitez savoir quand mes prochains livres seront publiés, allez voir mon site Web ou inscrivez-vous à ma liste de diffusion.

Les abonnés à la liste de diffusion par courriel

bénéficient de nombreuses informations gratuites :
aperçus des livres en cours, histoires gratuites,
épilogues des livres précédents, et avis de nouvelles
sorties et de ventes spéciales ou de coupons. Chaque
bulletin contient quelque chose de nouveau,
d'amusant, gratuit ou à prix réduit, rien que pour
vous !

https://blairbabylon.com/FRemail

J'espère que vous laisserez également un
commentaire avec vos remarques sur l'achat de cet
ebook. Les critiques sont le meilleur moyen de faire
connaître les nouveaux livres aux autres lecteurs ou
de dire à l'auteur que vous l'avez apprécié.

NOTES

3. AU MARIAGE : RAE

1. En français dans le texte

3. CHASSÉ-CROISÉ TÉLÉPHONIQUE

1. Votre altesse

2. DIETER ET WULF

1. Heure d'arrivée prévue

4. LA MACHINE S'ÉVEILLE

1. Merde en allemand

7. AUDIENCE

1. Les Welf (en allemand : Welfen) ou l'ancienne *maison Welf* forment une dynastie de la noblesse franque remontant à l'époque carolingienne du VIII siècle.